Royal Kiss more

聖なる皇帝がとんだ隠れ絶倫だった件

葛城阿高

この物語はフィクションであり、実在の人物・団体・事件等とは、いっさい関係ありません。

聖なる皇帝がとんだ隠れ絶倫だった件

Royal Kiss more

第一章　ミア・ベネトナシュは静かに暮らしたい

1

「どうかお願いします、先っちょだけでもいいんです!!」

腹の底から張られた美声。娼館《しょうかん》の玄関ホールで土下座している男。そして、その場面に偶然居合わせてしまったわたし。

(先っちょ……先っちょ？　ちょっと待って、…………さ、先っちょ!?)

わたしは廊下を歩いていた。往診先のこの娼館で診察や検査を終わらせて、女将《おかみ》さんと裏口に向かっている途中だった。

何言ってんの？　と思わず二度見した。ついでに三度見して、とどめに凝視もした。幸いなことに土下座男とは距離があったので、気づかれることなくじっくり観察できた。

困惑中の小柄な館主の足元で土下座しているのは、ずいぶんと大柄な男だった。無害さをアピールしたいのか頑張って縮こまろうとしているが、元がでかいのでダンゴムシのようにはいかない。もはや岩。でかい岩だ。

「どうか、どうかせめて今晩だけでも！　何もしません、だから、先っちょだけッ！」

（いや絶対無理でしょ。『先っちょだけ』は『行けたら行く』以上に信用しちゃダメな言葉だもん）

還暦過ぎの館主が床に膝をつき、土下座男を立たせようと広い背中に手を添える。

「申し訳ございませんお客様。先ほどから申し上げているように、どの嬢も出払っておりまして」

「そんなわけないじゃないですか、僕は予約していたんですよ⁉　……も、もしかして、出禁？　僕は出禁になってしまったのですか⁉　どうしてこんな急に……なぜですか、僕はそんなに悪いことしました⁉　常に清潔を心がけているし、禁止行為をした覚えもないのですが‼」

土下座男は顔を上げ、館主に縋《すが》りついた。その拍子に、男の頭を隠していたマントのフードがずり落ちる。

暗色のマントの中から現れたのは、黄金色《きんいろ》の鮮やかな頭髪。

手も足も長い。遠目なので顔の造りまでは判別不能だが、首が太く胸板は厚く、鍛錬を積んだ肉体に思われた。

声もいい。程よく低くて色っぽい。

だが残念なのは性欲に愚直すぎるその思考。がっつきすぎ。拗《こじ》らせすぎ。「おうふ」とため息が漏れそうになるほどの不憫《ふびん》さも感じる。

「ミア先生、気にしないでくださいまし。迷惑客が騒いでいるだけですから」

女将さんから声がかかるまで、わたしは足を止めその土下座男に見入っていた。

(顔はよくわかんないけど、声と体格はかなりのイケメン。娼館なんて利用せずとも恋人くらい簡単に見つかるだろうに。……まあ、婚前交渉がしたいならこういうところに来るしかないけども)

ふと興味を抱き、女将さんに尋ねてみる。

「あの男性、出禁なんですか？」

女将さんはまさか質問されるとは思っていなかったのだろう。少々驚きつつも、苦笑しながらわたしにこぼす。

「そうなんですよ、温厚で嬢にも優しいんですが、如何《いかん》せんかなりの絶倫で」

「ぜっ、かなりの……ぜつりん⁉」

聞き返しながら、女将さんを二度見。意図せずわたしの喉が鳴る。

絶倫。その考えはなかった。

金銭以上のサービスを要求したり、ガシマン大好きだったり、不潔だったり。出禁になった理由としてそういうのを予想していたから、頭が真っ白になった。

「あのお客、いつも嬢を一晩丸ごと買ってくださるんですけどね、明け方まで腰を振りっぱなしなんだそうです。巨根というだけで嫌がる嬢は多いのに、何度イかせても蘇《よみがえ》る、まるで屍鬼《ゾンビ》みたいな男だと、嬢の間ではすこぶる不評でございまして」

腰を振りっぱなし。巨根。……ゾンビ。性欲に特化しすぎていやしないか。

女将さんは語りながら「イヤだイヤだ」と虫を追い払うような仕草をしたけれど、ワケあって性的な単語に過剰反応するようになっていたわたしには、それら全てが福音にしか聞こえなかった。

（やば、最高じゃんか。あの人なら、わたしの荒ぶる性欲をなんとかしてくれるかもしれない……っ！）

悲しいことにわたしは今、尋常じゃなくムラムラしていた。

土下座男に感化されたわけじゃない。これはわたしが〝この世界〟に存在するがゆえのやむにやまれぬ事情によるもので、わたしの意思とは無関係の、生理現象みたいなものだ。

だがそれは、そのままにしておいては生活に支障が出るほどの強烈な欲求。普段は〝薬〟で抑えているが、ここ最近仕事にプライベートにと非常に立て込んでいたせいで、薬の在庫を切らしていたのだ。

だから今のわたしは、実はとても無防備な状態。薬なしでは次から次へと湧き上がる欲求に抗《あらが》えず、あんな情けない土下座男にも発情している次第だった。

（先っちょだけ。――うん、わたしも先っちょだけでいいから、とにかく楽になりたい……）

ときめきを胸に抱きながら、再び彼に目を向ける。

身長ヨシ、筋肉ヨシ、若いから体力もきっとヨシ。どんな体位を望んでも、喜んでわたしを担いでくれそうな気さえする。

（……待て。待て待てわたし、落ち着くのよ。娼館通いが趣味の男は、いくらなんでも！）

館主が土下座男に告げる。

「お客様、大変残念なことですが、当館ではもうお客様のお力にはなれません。これ以上は他のお客様のご迷惑にもなりますから……お帰りいただけますね？」

「どうかそんなことおっしゃらず！　ここも出禁になってしまったら、僕はこれからどうやって生きていけばいいんですか!?　もう他に、ここら一帯では僕の通える娼館がないんです!!」

わたしの視線に気づかないほど必死な土下座男は、再びギュッと丸まりながら悲痛な叫びを轟《とどろ》かせた。

（すごい、全然諦めないじゃん）

複数の娼館を出禁になっている土下座男。暴力的行為はなく女性に優しく接するが、絶倫。

絶倫と巨根を持て余したゾンビ……。

恥も外聞も掻《か》き捨てて館主に土下座している姿を眺めながら、女将さんがぽつりと呟《つぶや》く。

「出禁になるの、ウチが初めてじゃないのかい……よっぽどだね」

そう、よっぽど。女将さんも館主さんもドン引きしている一方で、わたしだけが胸の高鳴りを抑えられずにいた。

「さ、行きましょうミア先生。先生には関係のないことでございます。どうぞ気になさらず――」

「待って！」

わたしは女将さんの袖を掴《つか》んだ。

もうこうなっては自分じゃ止められない。わたしは欲望の容《い》れ物《もの》。欲望に操られるがまま、あり得ない台詞《せりふ》を吐く。

「女将さん。あの人の相手、わたしにさせてください」

「…………はあ？」

2

わたしが己の運命を知らされたのは、今から十年も昔。いわゆる〝異世界トリップ〟という珍事が発生し、日本からサンセドピア聖国にやってきて間もない頃のことだった。

教えてくれたのは、ティルト・ベネトナシュ。白髪《しらが》交じりの長髪を結った、穏やかで線の細いおじさん。のちのわたしの父である。

彼は病を患《わずら》ったことをきっかけに、長く勤めていた皇城薬室長の任を辞し、中央領の外れにある生家に戻って隠居生活を送っていた。そこへ現れたのが、わたし。

父はわたしを一目見て、服装や振る舞いからまず真っ先に異世界人ではないかと疑ったそうだ。その疑いが確信に変わったきっかけは、わたしが瘴気《しょうき》について尋ねたこと。

「あの～ティルトさん。空中に漂ってる色のついた霧みたいなの、何ですか？　……うわわわ、触っちゃっ……あれ、消えた……？」

空気というのは透明なはずなのに、わたしの目は謎の色を捉えていた。その色は赤や黄色といった言語化できる色ではなく、ゆえに何色と表現することは難しかった。

しかし色のついた気体が煙のように目の前にあることは確か。風に揺られて漂っては空気と混ざり薄くなったり、またどこからか集まって濃くなったり。

手を伸ばせば触れることだってできた。その色や匂いはわたしには付着しなかったけど、触れた途端に無色になった。

「それはきっと、結界をすり抜けて入ってきた瘴気です。瘴気は魔獣を構成する粒子。集まり、濃度が高まることで魔獣へと変異するとても厄介なものです。でも、僕を含めこの世界の者は誰も視認することができません。異世界人の君にしか見えないのです」

瘴気というのはこの世界固有の存在だ。十年経《た》った今でこそ見えない演技も板についたけど、当時はひどく不気味に映りなかなか慣れず苦労した。

「しょうき……わたしにしか見えない？　え、どゆこと？」

「それは君が『異世界人』であり『聖女』だからです。違ってほしいと願っていましたが、いい加減認めなければなりませんね」

今は『薬師《くすし》』という職を得て、いろんな人に『先生』と呼ばれているけれど、十年前、日本にいた頃のわたしは本当に酷《ひど》かったと思う。

両親に放置されて育ったせいか、わたしは勉強に興味がなかった。唯一興味があるものといえば、白馬の王子様。つまり男。

手っ取り早く言ってしまうと、親からもらえなかった愛情を他者からもらうため必死だったのだ。

その結果、聞こえのいい言葉を与えてくれる男に飛びつき、痛い目に遭ったりもしたけれど……そういうわけで当時十五歳のわたしには学も集中力も理解力もなく、父が説明してくれたことの半分も理解できなかった。むしろ、親身になって感情移入までしてくれる父に対し「このオッサン、当事者のわたしを差し置いて何一人で泣きかけてんの？」と引いていたくらいだ。言葉遣いも今よりかなり酷かったし。

その後の父の教育のおかげで賢さが格段にアップした——おそらく——二十五歳のわたしが解説するに、ここで暮らすにあたって覚えておくべき重要単語は『魔獣』『瘴気』『結界』『聖女』といったところ。……そこそこ多いけど。

この世界には獰猛《どうもう》な『魔獣』という獣がいる。人間の歴史はこの魔獣との闘いだとも語られているくらい、人間は大変な犠牲と苦労を強いられてきたらしい。

そして考案されたのが、魔獣の侵入を阻止する『結界』だった。

このサンセドピア聖国は、八王家の直系の子孫が統治する八つの領地と、皇帝が直接統治する中央領に分かれている。そして全土に神力という特別な力による結界が二重に張られている。八大領地それぞれに結界を張るのは各領地を治める八王家の当主たちの役割で、それら全てひっくるめて国土全体に結界を張るのが皇帝の役目。だから皇帝には当主たちの中から最も神力の高い者が選ばれるのが慣例だ。

ただし結界も万能じゃない。魔獣の攻撃によって破損するし、術者の神力が不安定だと補修を要することもある。

そもそも防げるのは外から侵入しようとしてくる魔獣だけ。微細な『瘴気』は防げない。瘴気というのは魔獣を構成する最小単位の物質だ。単体では無害なものの、たくさんの瘴気が集まることで凶暴な魔獣へと変化する。魔獣化には前触れがないので誰も予知することはできず、これまでにも内部で発生した魔獣によりたくさんの街や村が襲われてきた。

そんな面倒な世の中でただ一人だけ、この瘴気を大気中から取り除ける者がいた。それが『聖女』なのである。

父はわたしが聖女だと言った。異世界からやってきて、瘴気を視認できる娘。瘴気を除去できる娘。それが聖女であり、わたしなのだと。

初めてその話を聞いた時、勇者にでも選ばれたかのような高揚感を味わった。しかし一瞬で萎《な》えた。

「聖女は稀有《けう》な能力を有することから、信仰の象徴として崇《あが》められる存在です。言い伝えにも『聖女を得た者は国を統べることができる』とありますから、高位聖職者に保護されたなら、大切にされることでしょう。しかしミヤコ、決して名乗り出てはなりません」

え、なんで？　もしかしてオッサン、わたしのことが好きなの？　――などと疑ってしまったこと、今は心から反省している。

「聖女が瘴気を己の体に取り込めば、大気は綺麗《きれい》になります。しかし聖女の体内で瘴気は猛烈な性衝動を引き起こします。その性衝動も瘴気も、高位聖職者との性的接触でしか消すことができません」

「んなアホな」

性的接触、というのは具体的には粘膜同士の接触だ。体液を交えること。ディープキスも『性的接触』に該当するものの、最も効率がいいのはやっぱりセックスなのだという。

性衝動云々《うんぬん》の話は、ごく一部の聖職者たちしか知らない極秘事項となっているそうだ。父は皇城の薬室長をしていたから、その権限で知り得たらしい。他にも、皇帝や八王家当主にしか知らされない聖女の秘密もあるという話だ。

ちなみに、この国では政教一致体制が敷かれているので、聖職者とはすなわち皇帝や八王家当主などの統治者のことを指す。

「瘴気を取り込むのも性衝動が発生するのも、聖女の意思とは無関係。意識して止められるものではありません。瘴気は生きているだけで次々に溜《た》まっていくものですから、生涯にわたり君は苦しめられるでしょう」

「ヤバすぎじゃん！　じゃっじゃあ、その行為生殖者？　を彼ピか結婚相手とかにして――」

男も一人や二人じゃないだろうから、その中から気が合いそうな人を選べばいい。わたしは能天気に考えたが、父は力無く首を振った。

「この国の高位聖職者は現皇帝エゼキエル・ラングミュア陛下を除き全員が高齢です。君とは父子か、祖父と孫並みに歳が離れていますよ。それに加え、聖女は必然的に権力者の道具となります。聖女だと公言するのなら、自由と人並みの幸せは諦めなくてはなりません」

高齢者とか、権力者とか、道具とか。ただの女子高校生だったわたしには縁遠い世界だった。

「それ、マジで言ってる？　ジジイと結婚……キモい以外にないんだけど」

恐怖を紛らわすため、わたしはわざと軽口を叩《たた》いた。でも、父はちっとも笑ってくれず、励ましてもくれなかった。

「エゼキエル陛下は見込みのある若き皇帝です。ですがこれからどう成長していくか……。彼が欲に呑《の》み込まれずとも、周囲は君を欲しがるでしょう。攫《さら》われ、奪われ、あるいは奪われぬよう監禁され、命を落としたり精神を病んだりするかもしれません。過去の聖女たちは皆、政治の闇に巻き込まれてきました。僕はもう、苦しむ聖女を見たくないのです」

父がかつて目を通したという歴代の聖女の医療記録によると、皇城の一室に軟禁されるのは序の口で、鎖で縛られたり、逃亡を阻止するために足を切り落とされた者もいたそうだ。いっそ手に入らないのならば……と政敵から暗殺された聖女も一人や二人ではないのだとか。

わたしは運がよかった。この世界で最初に出会ったのが父だったから、わたしには未来を選ぶ余地が与えられたのだ。

「殺されるのも、痛い思いも嫌なんですけど。どうしたらいいんですか？　ねえオッサ……えと、なんとかしてくれないですか!?」

「性衝動を完全に消すには高位聖職者の助けが必要となります。しかし抑えるだけなら薬でも可能で、僕はその薬を作ることができます」

「えっ、作れんの!?　すごいじゃん、お願いしますオッサン!!」

こうしてわたしは異世界人であることを隠し、ティルト・ベネトナシュの子、『ミア・ベネトナシュ』として生きる道を選んだ。家事のかたわら父の助手として薬学を学び、三年前からは薬師となり父に代わって診察もした。

そんな父も一ヶ月前、病に呑まれ帰天した。

父への感謝は途方もなく、さまざまな未練と後悔が頭を過《よ》ぎる。でも、父が病に気づいた時にはかなり病状が進んでいたらしいから、予想よりもずいぶんと長生きしたことにはなるのだろう。

サンセドピアにやってきて以降、わたしは性衝動を抑えるために父の調合した抑制剤を服用していた。父が動けなくなってからは自分で調合していたのだけれど、長期にわたって服用し続けるにしたがい、少しずつ効果は薄れていった。

かつての世界にあった空気清浄機にしろエアコンにしろ、フィルターは掃除しないと汚れがどんどん溜まっていく。わたしの体も同じようなものだったのだろう。

効きが弱くてもないよりはマシだ。そう思って服用を続けていたものの、父が帰天したあたりの忙しさのせいでわたしは薬を切らしてしまった。

そして、溜まりに溜まったムラムラがついに限界突破して、往診先の娼館で偶然遭遇した土下座絶倫巨根男――ついでにゾンビ――との同衾《どうきん》を求めてしまったのである。

3

娼館で彼を初めて見たこの日――。

「プロにすら逃げられる絶倫というのがどういうものか、薬師として純粋に興味があるんです。巨根にもゾンビにも興味があります。また、巨根男性が勃起するには短小男性よりも多くの血量を必要としますが、一度オーガズムに達してもゾンビのように蘇るとは一体どういうことなのか、この目で確かめてみたいんです！　お願いします、一回だけでいいですから!!」

「先っちょだけ」も「一回だけ」も、信用のなさはどっちも大して変わらないのに、女将さんを相手取ってわたしは熱弁を繰り広げた。はっきり言ってどうかしている。

この世界にやってきて、瘴気を吸い込み続けて十年。性欲抑制剤の効きは弱まり、しかも現在、その薬すら切らしている状態。

聖女に生じる性衝動は高位聖職者との性的接触でしか打ち消せないらしい。しかしわたしには細かいことなんて気にしている余裕はなく、とにかく誰かと交じり合いたくて狂っていた。

土下座男はたぶん一般人。聖職者ではない。

欲望を断ち切れ、と説く聖職者が娼館に通うなんて聞いたことがないからだ。

(絶倫……最高じゃん。絶対に、この機会を逃したくない!!)

性欲が迸《ほとばし》るわたしはすでに、彼に狙いを定めていた。

でも、単に「ヤりたい」と言ったところでドン引きされて笑われて流されるのがオチ。だからわたしはいかにあの男との一戦が重要なのかを力説した。

「これは薬師としての純粋な興味であり、ただ性的なことがしたいわけではありません。このお仕事を軽視しているわけでもありません。嬢の皆さんはプロ意識を持ってお仕事をなさっていると存じ上げていますし――」

薬師としての興味、というのは真っ赤な嘘《うそ》。わたしはただただ純粋に、性的なことがしたいだけだった。けれど正直に暴露するのはあまりにも都合が悪く、それっぽい理由を並べて必死に訴えた。

女将さんはしばらく呆気《あっけ》に取られたようにぽかんとわたしを眺めていたが、突然プッと噴き出した。

「わかった、わかったよ！　あはは、わかったから、ちょっと落ち着きなさいな」

それから顎《あご》に手を当てて、フム……と呟きわたしのつま先から頭までをじろじろと値踏みするように眺める。

「ミア先生……ちょっとその面布《ヴェール》、取ってみな」

面布とは、鼻から下の顔半分を覆い隠す布のこと。さまざまな病から身を守るための、薬師の装束の一部だ。

女将さんの口調が砕けたものに変わったのは、わたしを薬師としてではなく入店希望者として意識し始めたしるしだろうか。言われた通り面布を取って素顔を晒《さら》すと、彼女はへえ、と声を上げた。

「あまり見ない造りだが、これはこれで……。ミア先生、経験はあるかい？」

「あります！　大丈夫です‼」

この国では宗教上の理由により、婚前交渉は御法度《ごはっと》だ。正直に答えたあとで下手を打ったかと後悔したが、女将さんから特に触れられることはなかった。

まあ、ここはその御法度なことを商売として行っている場所なのだし。

「嬢が六割、店が四割。先生の手取りからは衣装代や使用した薬代、シーツの洗濯代なんかも引く。それでもいいなら、体験入店してみるかい？」

「よろしくお願いしますっ!!」

ヨシ！　と両手に力を入れながら、女将さんに勢いよく頭を下げる。

「つはははは！　そんなに畏《かしこ》まらなくてもいいよ。とりあえずあのお客にはあんたのこと、研修も終わっていないピカピカの新人だと言っておく。安心しな、どうせ新人だろうとベテランだろうと、あの男が相手なら生きて朝日を眺むだけでも精一杯になっちまうから」

(望むところです!!　必ず生還してみせますっ!!)

取り急ぎ、わたしたちは元いた部屋へと引き返し、わたしをそこに置いてから女将さん一人で土下座男と館主のもとへ交渉に向かった。

出禁寸前の土下座男は、自分が嬢を選《え》り好みできる立場にないことをすでに知っているはずだ。だからこの提案を断ることはないだろう、と頭では理解しているものの、返答を聞くまでわたしは不安を拭えなかった。

が、女将さんは五分と経たずに戻ってきた。男は快諾したとのことだ。

そうして、最初で最後の仕事のため、慌ただしく準備をすることになった。

「ミア先生の源氏名はどうする？　本名は名乗れないでしょう？　こっちで考えてもいいけどさ」

始まりから終わりまでの大まかな手順や挨拶などの説明を急ぎ足で受けたあと、女将さんからそんな相談があった。彼女の言う通りで、身バレに繋がる本名は安易に使うわけにはいかない。

「――では、『ミヤコ』でお願いします」

それは、この世界に来るまでのわたしが使用していた名。この世界の父に『ミア』という名を与えられてからは捨てたも同然の名だ。しかし馴染《なじ》みがあるおかげで違和感なく使えそうだったし、万が一間違えてしまった時も音が似ているから誤魔化しやすいだろう、と再利用することにした。

とにかくわたしは湯浴みをし、女将さんに借りたショーツと薄いローブ――どちらも娼婦用で新品――に着替え、指定された部屋で土下座男の来訪を待った。

「ミヤコ、お客様をお連れしましたよ」

オレンジ色の蝋燭《ろうそく》の灯《あか》りが揺れるなか、ドキドキしながら寝台に腰掛けていると、扉をノックする音と落ち着いた女将さんの声が聞こえた。

「どうぞ」

返事をすると扉が開き、大きなシルエットが現れた。さきほどの土下座男だ。

女将さんは部屋の入り口で「ごゆっくり」と告げたあと、顔を見せず音も立てずに去っていった。

立ち上がり、出迎えのため彼に近づき両手をそっと握ってみる。接近してみてわかったことは、彼が思った以上に長身だということ。わたしより頭二つ分は大きいだろう。

彼の顔を見上げた。光量が物足りないけれど、それがかえって陰影をくっきり際立たせている気がする。

(綺麗な顔。まつ毛も長い。すごく整ってて……ヨシ)

土下座男。初対面の男。

手は大きく指も長く、恥ずかしさより期待が勝《まさ》った。これからのことを考えると、にやけずにはいられない。

「いらっしゃいませ。お待たせしてごめんなさい、お会いできて嬉《うれ》しいです。ミヤコと言います、どうぞよろしくお願いします」

「…………」

ところが、土下座男はわたしと目を合わせたまま、一切の反応をしなかった。岩のように固まってしまい、待てども待てども返事はない。

(え、いきなりわたし、何か失敗した？　もしかしてチェンジとか言われちゃう？)

「あ、あの……お客さま――」

「夢か？　これは……夢？」

沈黙に耐えきれず声をかけたら、よくわからない呟きが返ってきた。

（夢って……？　わたしの姿……マズかった？）

再びわたしを不安が襲う。絶倫が祟《たた》って出禁を喰《く》らいかけていた土下座男にも、譲れない好みがあったのだとしたら――。

「あなたが今日、僕の相手をしてくださる方ですか？」

「はい。ミヤコです」

「ミヤコ……」

わたしが再度名乗ると、彼が即座に復唱した。

やはり、いい声をしている。声だけで一リットルは濡《ぬ》れそうだ。是非とも耳元で囁《ささや》いてほしい。

ところが、わたしがますますその気になる一方で、彼はまだニコリともしていない。

客には嬢を選ぶ権利がある。この娼館では二回までは無料で変更《チェンジ》できる制度があるが、それは迷惑客扱いをされていなければの話だ。

わたしがダメなら代わりはおらず、このまま出禁が確定する。すなわち、わたしも彼も欲求不満を抱えたままということになる。

「あの……ごめんなさい、他に空いている姐《ねえ》さんはいないんです。だから、わたしが不満だったとしても、交代はできなくて――」

「とんでもない!!」

複雑な気持ちを抱きながら、どうにかわたしで納得してくださいと告げようとしたところ、彼に強く否定された。

繋いでいた両手にグッと強い力がかかる。痛くはない。……熱い。

「違うのです、ミヤコがいいのです！　その……誤解です、あなたがあまりにも僕の理想そのままだったから、見惚《みと》れてしまって……。だから、あなたでなくてはっ‼」

心臓に痛みを感じた。ぎゅっと鷲掴《わしづか》みされたみたいな、苦しい痛みだ。なのにうっとりしてしまう。

(どうしよう……理想とか言われたら、めちゃめちゃ気分いいんですけど)

誰かに選ばれることが、いかに幸せなことか。日本にいた頃の元カレはわたしを愛している風なことを言って、その実わたしの体だけを求めていた。

でも、目の前にいる土下座男とは最初から体だけの関係と決まっている。わたしは体を繋げたいだけで、その繋げる相手として彼がわたしを認めてくれさえすれば、今のわたしには十分なのだ。

「――来て」

気をよくしたわたしは、彼の手を引き寝台へと連れていった。

至近距離で見上げるには首への負担が辛《つら》かったので、彼を寝台に座らせ、脚の間にわたしが立った。彼の肩に恐る恐る手を乗せると、呼応するように彼もわたしの腰に手を回してくれた。

ローブは透けるほど生地が薄く、彼の体温をすぐそばに感じる。熱くて、その温度だけでわたしは呼吸が速くなる。

「お客さまのお召し物、脱がせてもいいですか？」

「ザイオン、と。僕の名はザイオンです。敬語もいりません」

わたしの問いに頷《うなず》きながら、土下座男はそう名乗った。名を教えてもらっただけなのに、イヨロいわたしはまた胸をときめかせる。

「……ザイオン。じゃあ、今日はよろしくね。たくさん気持ちよくなろう？」

他人の体温を感じるなんて、いつぶりのことだろうか。マントを脱がし、ワクワクしながら彼のシャツのボタンを外していく。

次第にはだけていく胸元が、色っぽくてたまらない。白いシャツの間にチラつく、白いザイオンの肌。

衣擦《きぬず》れの音と、お互いの呼吸が静寂の中で響いている。つい鼻息が荒くなるが、それは向こうも同じようだ。

にやけそうになる衝動を唇を噛《か》んで堪《こら》えていると、わたしと似た表情の彼と目が合った。

「……楽しみ？」

「ええ、とても」

短い言葉を交わし、照れ隠しに笑い合って、わたしは手元に視線を戻す。

やがてボタンが全て外れた。左右にはだけさせてから、シャツと肌の隙間に手を入れて滑らせるように脱がせていく。

（わ、わ、わ……！　すごい、なんて張りのある筋肉なの……！）

三角筋も僧帽筋《そうぼうきん》も、想像以上の仕上がり具合。どれだけの手間暇をかけてここまで鍛え上げたのか、知ることのできない数々の努力に思いを馳《は》せずにはいられない。

（温かそう……ああ、香りを鼻いっぱいに吸い込みたい……）

頭がクラクラして、豊かな大胸筋の間に顔を埋《うず》めたい衝動に駆られる。それと同時に胸の先端を触りたくなって、でも急にそんなことをしていいのかわからなくて。

控えめに鎖骨のあたりを手の甲ですりすりして様子窺《うかが》いをしていると、ザイオンがわたしの耳元で囁いた。

「ミヤコの服は僕が脱がします」

何度も言うけど、声がいい。スッと体の芯に届き、内側からわたしを震わせる。

わたしの腰に置かれていた手が動いた。脇腹を撫《な》で上げながら体の上を移動して、胸元にあったローブのリボンをしゅるりと解《ほど》く。

女将さんによると、あらかじめ客から指定がない限り、着用するものは最小限になっているとのこと。それに倣《なら》い、わたしもローブの下にはショーツしか身につけていなかった。

人前でこんなに肌を見せるなんて、サンセドピアでは初めてのことだ。とっさに胸を手で隠したが、すぐにザイオンの手がやってきてわたしの手を下ろさせた。

「あの……っ」

この国で『美女』というのは、長身でスレンダーな女性を指す。腕や脚は細く、胸と尻は小さい方が美しいとされる世の中にあって、わたしの体型はそれとは真逆。

腕と脚が……というより全体的に肉付きがよく、胸も尻も大きい。加えて、身長も平均より低く、二十代も半ばにして十代に間違われる童顔。

（どうしよう……『理想』って、やっぱ聞き間違いだったかも）

この体をザイオンになんと思われるか、途端に不安になった。

顔立ちを個性的だと言われたことは幾度となくあれど、美人と言われたことはない。わたしには薬師としての矜持《きょうじ》だけで十分だ、とこれまで気に留めたこともなかったが、もっと自分の見た目に気を遣うべきだったと、今更ながら後悔が過《よ》ぎる。

ところが、ザイオンの反応はわたしの想定と異なった。

「ああ、ミヤコ、なんてことだ。こんな、なんという胸……、大ぶりで丸みがあって、なんと美しい……っ！　こんなことが現実にあっていいのか？　なんと……なんと……！　ああ、僕は死ぬのか？　ミヤコの持つ体こそ、僕の理想の体だ……ッ!!」

わたしの乳房を眺めながら、ザイオンは声を上ずらせ称賛の言葉をこれでもかと呟いた。

(美しい？　理想の体？　……本気で？　本気でわたしがザイオンの、り、理想？)

輝きを放つ金髪に、澄んだ碧《あお》い瞳。

ザイオンは目鼻立ちもくっきりとしてかなり整った顔をしている。恵まれた体躯《たいく》に、恵まれた容貌。高級娼館に通えるだけの金銭的余裕もあるのだろう。

(え、なに……どうしよう、早くこの人に抱かれたくて死にそう。早く欲望をぶつけられたいっ)

「つあ！」

肩からローブが滑り落ちた拍子に彼の指先が胸の先端に当たり、思わず高い声が出た。

「いい声だ。なんと素晴らしい」

ザイオンはひとつ呟くと、わたしの胸にしゃぶりついた。舌が先端をくすぐり、また反対の胸には大きな手で包み込むような愛撫《あいぶ》が繰り返し与えられる。

「ん、あ、……あぅ」

唐突な始まりに狼狽《うろた》えるが、その気持ちよさときたら。どうしていいかわからなくて、すぐ目の前にあった彼の頭を抱き寄せた。

快感は触覚だけに宿るものではないらしい。ザイオンの唇が立てる音や息遣い。あるいは、時折鼻をくすぐっていく獣のような柔らかい体臭。

全てがわたしを高め、熱し、どこかへ連れていこうとする。

背後にあった寝台にわたしを仰向けに寝かせると、彼はすかさず上に乗り、慌ただしくバックルを外し始めた。トラウザーズと下穿《したば》きを脱ぎながら、額と額をコツンと当てる。

「ミヤコ……あなたと出会えて僕は今、心が打ち震えるような感動を覚えています。あなたのこの黒い髪も黒い瞳も、僕を惹《ひ》きつけて離さない」

普段娼館でどのようなプレイが繰り広げられているのか、正直なところあまり知らない。女将さんからの説明もなかった。

こうやって男性が甘い台詞を囁くのは、よく見られる光景なのだろうか。

少なくとも、わたしにわかっていることは、娼館が夢を売る場所だということ。いくら偽物の愛を説いたところで無罪だし、盛り上がるならなんだってアリの場所なのだ。

「ザイオン、……めちゃくちゃにしてほしいの」

わたしを求めてくれる人。わたしを満たしてくれる人。

手を伸ばし、彼を求めた。するとすぐに唇が重ねられた。

温かさと柔らかさ。二人きりという状況。

唇を触れ合わせているだけにもかかわらず、多幸感に包まれる。

「は、……ザイオン………っ、もっと」

唇だけでは足りなくなり、わたしは口を開けて求めた。ザイオンがふっと笑ったかと思うと、舌でわたしの隙間を埋めてくれる。

首筋のあたりがゾクゾクする。脳が蕩《とろ》け全身が緩んでいく。

性的な快感だけじゃなかった。超絶技巧の持ち主に全身マッサージを受けた時のような、生理的な気持ちよさ——とでもいうのだろうか。

いくら長年色恋沙汰から遠ざかっていたとはいっても、こんな感覚に陥ったのは生まれて初めての経験だ。

（え、なにこれ……気持ちよくて、甘くて、眠りたいのにもっとたくさん味わいたくて……快感と一緒に感じるこの爽快感はなに？）

ヘビの交尾を真似《まね》るように、舌をうねらせ彼のそれと絡ませた。ひとときたりとも離れることがないように、背中に手を回しわたしの方からきつく抱きついておく。

「ザイオ……、っ……気持ち、い……」

ザイオンのゴツゴツとした背骨を指で味わいながら、落ち着く先を探した。背中はあまりにも広く、代わりに胸板を撫でる。

一方、ザイオンもわたしの体を好き勝手に弄《いじ》っていた。胸を愛撫し臍《へそ》を探り、あるいはショーツの紐《ひも》を引っ張る。

抵抗する気なんてない。むしろどんどんやってくれと彼を急《せ》かしたいくらいで、ショーツを抜き取りやすいように腰を浮かせるなどした。

そしてついに、ザイオンの指がわたしの中心に到達する。

「んんっ!!」

指先が陰唇に触れた。ほんのわずかな接触なのに、それだけで絶頂を迎えそうになる。

「僕のためにこんなに濡らしてくれたのですか?」

わたしが体をびくつかせたのを見て、ザイオンは嬉しそうに囁いた。朦朧《もうろう》として呼吸も速く、つまりわたしは平常時とは異なる自分になっていた。

「そうなの、ザイオンが欲しかったから」

普段は絶対にこんなこと言わない。上目遣いで誰かに微笑《ほほえ》んだりもしないし、甘えた声も出さない。誰にも聞かせない。

今日だけだ。今日のわたしは『娼婦ミヤコ』なのだから。

「そんなに欲しいのなら、いくらでも差し上げましょう」

ザイオンはそう言うと、わたしのぬかるみに踏み込んだ。

「あ、あ、ぁあ……っ!」

「……すごいな、僕の指をあっという間に呑み込んでいく」

溜まりに溜まった性衝動のおかげで、わたしの秘所はぐずぐずに蕩けていた。最初は一本だった指も、あっという間に増やされた。三本の指がわたしの中をかき混ぜるので、愛液が泡立ち淫らな音を奏でている。

「だめっ、だめえ、ザイオ……気持ち、よすぎて……っ」

「あぁ……早く挿《い》れたい。早くミヤコと繋がりたい」

ザイオンのその一言に、待望の時が近づいてきていることを悟る。

久しぶりの性行為。誰かと分かち合う瞬間だ。

わたしの初カレは妻帯者だった。独身だという嘘と安っぽい愛の言葉に騙《だま》されて、わたしは純潔を差し出した。

あれから十年、いくらかは大人になったと思いたいけど、性衝動に身を任せて娼婦の真似事をしているのだから大して成長していないのかもしれない。

父が生きていたらなんと叱られるか不安だが、どうしようもない。「まじゴメン」としか言いようがないので、せめて聖職者を頼らなかっただけマシだと思っておいてほしい。

「挿れて。ザイオン、今すぐ……」

我慢できず、彼の下半身に手を伸ばした。指に当たった物体を、手のひらで優しく握ってみる。

……が、想像していたよりも太い。

（すご……何コレ、ペットボトル？　バターナッツカボチャ？　そこまでじゃないにしろ……え、期待大なんですけど!?　むしろ、入る……？）

先端がぬめりを帯びていたので、それを潤滑油のようにしながら棒を上下にゆっくり擦《こす》った。

「は、ミ、ミヤコ……!?　そんな、はしたない、真似を」

ザイオンの陰茎は付け根から腹の方へ向かい、重力を無視して反り返っていた。亀頭は丸々と肥えており、首の部分の段差が激しい。

「ちょうだい。ザイオンが欲しいの。これでわたしをたくさんいじめて？」

行為の相手と心が通じていなくても、わたしには問題なかった。ザイオンとこうなることはわたし自ら選択した。だから過去現在未来、後悔する余地などないのだ。

「欲しいって、なんと、そんな……まだ前戯もまともにしていないのにっ」

拙速だぞと忠告するわりに、ザイオンの脈は速い。しかも股間は鋼鉄のような硬度。

「前戯なんてあとにして。これ以上我慢ができないの」

「夜は始まったばかりですよ？　僕は――」

完全に、瘴気のせいでわたしの頭はおかしくなっていた。本物の嬢なら会話を楽しむのだろうが、体の孔《あな》を塞がれたいというわたしの欲求は凄《すさ》まじく、耐えがたいレベルに到達していた。

ザイオンの胸に手を当てて全裸の彼を押し退けると同時に、わたしは上体を起こした。我慢ができなかったので、攻守交代することにしたのだ。

戸惑っている彼を寝台に寝そべらせ、その下半身にゆっくりと跨《また》がる。

「え？　これはまさか、騎乗……ミヤコ、ま、待っ――」

「無理。待てない」

膝をつき、前傾姿勢になりながら、ザイオンの根元に手を添えた。最低限の角度と位置を整えたあと、ゆっくり体重をかけていく。

呼吸は荒く、肩で息をしていた。興奮も最高潮で、汗がこめかみを伝った。

ザイオンの陰茎は太く長かったが、一日千秋の思いでそれを待ち構えていたわたしは、溢《あふ》れ出る愛液に助けられながら彼の全長を収めていった。

「こんな体位……っミ、ミヤコ、あなたはなんという……ミヤコっ」

「ん、ぅ、ぁは、ザイ……オン、」

頭が狂いそうな快感だった。いや、間違いなく狂った。パズルのピースがようやく嵌《は》まったかのような、ある種の達成感もあった。

「ぅは……ザイオンのこれ、すごくいいっ。わたしの体に、ピッタリ。……癖になりそう」

突き当たりまで収めたが、ほんの少しはみ出た。ザイオンはそれほどまでに大きく、しかし何度も繋がり慣らしていけばいずれ全て咥《くわ》え込むことができるようになるのでは？　と来もしない未来に思いを馳せた。

挿れはしたが、すぐには動けない。彼の形を読み取って、体に覚えさせる必要があるからだ。

キュッキュと圧力を掛けて、全方位から彼を包み込む。

「癖になるどころか……あなたにお会いしたその瞬間から、僕はあなたの虜《とりこ》だ。また、あなたに会いに来ていいですか？」

わたしはその問いには答えず、ザイオンの腹に手を置いて、脚に力を入れ腰をゆっくりと浮かせた。

「ザイオン……動くね」

（ごめんねザイオン、今回がどれだけよくても、次はもうないんだ。わたしだって名残惜しいけど、わたしは本物の娼婦じゃないし）

慎重に動いているつもりなのに、ザイオンのくびれがわたしの内壁をゴリゴリと豪快に擦っていく。まるで削られているようだけど、絶妙な塩梅《あんばい》で痛気持ちいい。この快感には最上級の「ヨシ!!」を贈りたくなってしまう。

「はぁ、ああ、……ザイオンっすごいっ」

気持ちよくて、次から次へと声が溢れた。自分でどうにかできるものじゃなかった。

「ミヤコ……、ナカが、っ。これは……は、初めてです」

「う、あ……あ」

繋がったまま、ザイオンが上半身を起こす。わたしたちは正面から抱き合って、どちらからともなく唇を押し付け吸い合った。

これで上も下も繋がった。満たされすぎて苦しいくらいで、その窮屈感にさらに興奮を煽《あお》られる。口の周りはお互いの唾液で濡れ、溢れ続ける愛液やら何やらでシーツもしっかり湿って

いた。

(どうしてこんなに気持ちいいの？　瘴気に騙されているのか、それとも単純にザイオンとは体の相性がいいのか……)

ザイオンと向かい合ったまま、膝を使って体を上下に動かした。脚に強い負担がかかるが、彼が腰を抱き支えてくれるので、無我夢中で堪能する。

「ミヤコ、僕のお願いを、つき、聞いてください、ませんか？」

「うん——」

セックス中というところからそのお願いが性的なことであるのは疑いようもなかったけれど、何を求めているのかわからないうちに、ザイオンがわたしの中から出ていった。

とてつもない切なさと物足りなさに襲われているわたしを、彼が優しくうつ伏せに寝かせる。そして腰に手をかけて、お尻をクンッと上に向かせた。

(……え、もしかして、おおおお尻の穴!?　そこは処女だし、挿れるとこじゃなくて出すとこで、そういうアブノーマルなプレイはちょっと困——)

「つあああ!?」

待ってくれ、と止める時間もなく、ザイオンの巨根がわたしを一気に貫いた。……お尻の穴じゃなかった。ちゃんと膣口《ちつこう》だった。

(ほんとよかったー！　ザイオンが常識のある絶倫で助かるー！　そしてめちゃめちゃ気持ち

いいー!!）

体位が変わると当たる場所が変わる。深さも。

ザイオンがこれでもかとばかりに腰を押し付けてくるからわかる。後背位だと根元までしっかり収められるみたいだ。

騎乗位で最奥に到達したと思ったのに、わたしの体にはもっと奥があったらしい。しかもストロークが長くなったことで、快感も数割増しになった。

「あっ、あぁ！　ザイオ、んっ……だめぇ、すごく……イイっ！」

シーツを強く握りしめながら、体を包む悦楽に浸る。隣の部屋に声が漏れるとか、廊下で誰かに聞かれるとか、そんなことはどうでもよかった。むしろわたしたちがいかにイイコトをしているか、誰かに聞いてほしいくらいで。

「はぁ……ミヤコ……、なんと素晴らしい眺めなんだっ！　しかも、ミヤコが僕を、し、締《し》め付けて……っ、きつくて最高、です。天国とはこんな感じ……なのかな」

ザイオンがわたしの最奥を攻める。行き止まりの壁に頭を擦り付けたあと、ゆっくり来た道を戻る。

屹立《きつりつ》のくびれもたまらない。愛液を掻き出すようにわたしの襞《ひだ》を擦り上げ、でも、その刺激で愛液がますます溢れてくる。

「んああ、ザイオ……ンっ、いい、すごく、……っはあ」

ザイオンの陰茎が大きいおかげで、わたしの中のありとあらゆる性感帯を総ナメするように通り過ぎていく。それが大変気持ちいい。——というようなことを伝えたいのに、言葉が途切れ途切れになる。

息が切れ、呂律《ろれつ》が回らないが、それ以上に頭が回らない。

「つだめ！　ザイオン、これ以上は……、イっちゃうぅっ！」

「いいですよ、もっと気持ちよくなって」

「でも、でも……っ」

娼婦は客を楽しませるのが仕事なのに、わたしはザイオンに楽しませてもらうばかり。しかしそれに気づけないほど、彼に夢中になっていた。

（まだ足りない。もっと繋がっていたい。正気に戻りたくない……っ！）

頭を振っていやいやするわたしに、ザイオンが優しく言い含める。

「安心してください。夜はまだ始まったばかりです。何度だってお付き合いしますから」

「ほんとに？　一度じゃダメなの、もっと欲しいの！」

「ミヤコはかわいいですね……本当ですよ、僕は嘘をつきません。思う存分、好きなだけあなたを愉《たの》しませてあげますから」

その言葉にタガが外れた。後先など考えられず、ザイオンが与えてくれる悦《よろこ》びに心身ともにどっぷり浸《つ》かる。

抽送《ちゅうそう》も少しずつ激しさを増し、わたしのナカを擦る力に熱が入っていった。そして――。

「――っあ！　だめ！　イく！　ザイオ、ん、っく、イくぅっ!!」

抗えなかった。体に勝手に力が入り、ベッドに頭を擦り付けながら、わたしは絶頂を迎えた。

猛烈な気持ちよさ。快感、愉楽、爽快感。頭の中が弾《はじ》けて、何もかもがどうでもよくなり、それと同時に世界全てを愛《いと》おしく思った。

その中には、今日出会ったザイオンのことも当然ながら含まれる。

「……ザイオン、先にごめん。イっちゃった」

荒い呼吸を繰り返しながらザイオンに一言伝えると、汗ばむ背中にキスが落とされる。

「構いません。実は僕も気持ちよすぎて、ミヤコとともに達してしまったのです」

え、とわたしは振り返る。同時にアソコをキュッと締め、確認するのも忘れない。

「でも、わたしのナカにあるこれは、まだまだ大きいみたいだけど……？」

「当然です。一度出したくらいでは、僕はへたったりしませんので」

(そうだった、この人絶倫なんだっけ……)

絶倫にも、種類があるのだと思う。遅漏な人、早漏だが複数回できる人。

ザイオンの場合は後者なのだろうか……などと考察している間に、律動が再開される。

「んあ、あっ、ザイ……はぁうっ」

一度達して敏感になった体は、ザイオンのもたらす刺激に過剰反応するようになった。

いい具合にほぐれたのか、先ほど以上にザイオンの棒がわたしの体によく馴染む。気持ちよさに意識が飛びそうになり、眉間に力を入れて堪《こら》える。

娼婦は仕事で男と寝る。絶倫の客はコスパが悪く忌避しがちというのも理解できる。

でも、わたしのように性衝動を持て余している娼婦もどきには、絶倫くらいがちょうどいいのかもしれない。

見た目ヨシ、性欲ヨシ、紳士度も今のところヨシ。

(一夜だけでお別れなんて嫌だな……もっとたくさん一緒にできればいいのに)

恋愛において過去に痛い失敗をしでかしていたわたしは、二度と恋愛などするものか、とこの十年仕事に人生を捧《ささ》げてきた。しかしやはり愛に飢えていることには違いない。

もちろんわかっている、ザイオンが何を考えているか。

彼はわたしの体が欲しいのであって、それ以外はいらないのだ。わたしに体を開かせるために、偽りの愛を囁いてわたしを洗脳しているだけ。だからわたしに芽生えつつあるザイオンへの愛着も、明朝になったらゴミ箱に捨てた方が身のためだ。

「ああミヤコ……あなたの善《よ》がる姿がもっと見たい」

(……見たいなら、見せてあげる。ザイオンの願い全て叶《かな》えてあげたい。一生忘れられないくらいの、最高な夜にしてあげたい!)

今、わたしは夢の中にいるのだ。現実に戻るには早すぎる。

振り向いて、覆いかぶさるザイオンに微笑む。

「いいよ、見せてあげる。でも、ザイオンにわたしの相手が務まる？　一度イったくらいじゃまだまだ全然足りないんだけど」

わたしの挑発に彼は言葉を失い、けれどすぐ嬉しそうに目を輝かせた。

「……っ！　も、もちろん！　僕だってまだまだ。今夜は寝かせませんから。時間が許す限り、あなたを満たして差し上げます！」

（そうこなくっちゃ。ずっとこの瞬間が続けばいいのに）

胸をキュンキュンにときめかせながら、わたしはシーツを握り直した。

＊　＊　＊

その夜何度上り詰めたのか、五回目以降は数えられなくなったので正確なところはわからない。抑制剤に頼っていた反動か、異性と肌を重ねることに夜明け近くまで長らく没頭してしまった。

ザイオンは聞きしに勝る絶倫で、それがわたしにはとてもよく効いた。一回や二回イっただけではまだまだ足りなかったわたしを、彼は十二分に満たしてくれた。

わたしの中に生じてしまう抗い難い欲望は、高位聖職者にしか解消できないと聞いていた。ところがザイオンとの行為のおかげでそれは想像以上の落ち着きを見せ、完徹とは思えないほど全身が羽のように軽かった。

(やっぱり、絶倫がよかったのよ。ザイオンが規格外の絶倫だったから、わたしの衝動を見事抑えつけてくれたんだ)

絶倫は瘴気をも駆逐する。——ヨシ。最高だ。

娼婦の真似事をするのは今回一度きり、という条件で女将さんから許可を得て、わたしは体験入店を果たした。だからザイオンと会うのもこれが最初で最後となる。

それなのに、彼との相性の良さを知ってしまったあとでは、別れが惜しくてたまらない。

(できれば今後も定期的に合体できたらなあ。でもわたしには本職があるし、身分を明かして家に招くのも怖すぎるし……)

今日はありがとう、さようなら。別れ際、その一言をなかなか言い出せずにいたら、ザイオンから思いもよらない申し出があった。

「ミヤコ、僕と結婚しませんか？」

昨夜の幸せな余韻が吹き飛び、わたしは現実に引き戻された。

また会いたい、と言われたなら、きっと心が揺れただろう。でも結婚は行き過ぎだ。

「……一晩では足りなかった？」

辛《かろ》うじて、わたしは好意的に解釈した。結婚したいくらい気持ちよかったとか、子どもができるまで何度もしたいくらいだとか、そういう喩《たと》えを使いたいのだと。

ところが違った。ザイオンは真剣に補足する。

「今日のところは満足しましたが、そうではなくて……つまり身請けです。ミヤコを独り占めしたい。あなたの体を他の男に触れさせたくないのです！」

（ヒエ……本気じゃん）

確かにザイオンは見目麗しくその肉体も神々しい。性格も悪くなさそうだし、何より体の相性が抜群。

だけど、いくらなんでも出会って十時間以内に「結婚したい！」レベルまで気持ちが盛り上がることはない。そもそもわたしはこの世界では『聖女』とかいう厄介な身の上なので、生涯未婚でいるつもりだった。

一方で、ザイオンは本気でわたしを伴侶に望んでいるようだ。

「ごめんなさい。まだ新人のわたしが身請けだなんて、姐さんたちに何て思われるか……。その代わり、わたしを気に入ってくれたのなら、またわたしを買って。会いに来てくれたら、うんとご奉仕するから」

嘘をついた。わたしが娼婦役をするのは今回一度限りなのだ。

しかしながらザイオンの暴走を宥《なだ》めるには嘘をつく以外に方法がなく、とにかく今日、彼を帰らせることさえできればわたしの勝ち逃げが確定する。そう思っての言葉だった。

にもかかわらず、ザイオンに諦める気配はない。

「十倍出します」

「……え？」

「身請けに応じられないのなら、お会いするたびに十倍の値段を支払います。だから僕専属の嬢になってください」

「ええ〜……」

どれだけ断ろうが、全然効果がなかった。それどころか、ザイオンは新たな提案でわたしを懐柔しにかかった。

本気でわたしを気に入ってくれたのか、あるいは、わたしを逃せば他に相手をしてくれる嬢がいなくなる、という打算からか。

「そ、それはちょっと……。専属契約？　をしていいのかもわからないし」

「ならばわかる方に確認を取ってください」

わたしはやんわり断りを入れたが、どうにも彼は納得しない。日の出が近づきうっすらと明るくなり始める部屋の中、わたしは途方に暮れ、そしてこれ以上はどうしようもないと判断し、女将さんに助けを求めた。

ザイオンは別室に連れていかれ、わたしはシーツが乱れたままの部屋で待った。

（ザイオンは巨根で絶倫でゾンビなだけじゃなく、執着系でもあった、ってこと？　最後のは予想してなかったなぁ……）

待ちながら、考える。

（普通に出会って求婚されたらもうちょっと心が動いたとは思うけど、所詮わたしたちの出会いは娼婦と客なんだよね……。体の相性は抜群だったけど、素性不明で娼館通いが趣味の男と結婚だなんて、自分から地雷に突撃するみたいな？）

結論。彼との未来は考えられない。――以上。

わたしがここであれこれ気を揉《も》んでいても仕方のない話だった。女将さんに任せたのだから、きっと彼女がうまいことザイオンを説得してくれるだろう。

面倒な客――ザイオンみたいに――を上手にあしらい長らく娼館を存続させてきた彼女のことだ。しっかり断ってくれるに違いない。

日頃から悩まされていたムラムラが解消され気分がよかったこともあり、わたしは楽天的に考えていた。

帰宅したらまず風呂に浸かろう。洗濯を済ませて温室の手入れをしよう。採れたてのハーブでお茶を淹《い》れてもいいかもしれない。――と、そんな風に呑気《のんき》に計画を立てていたら、女将さんが戻ってきた。

「ミア先生、ご苦労様。よくぞ大役をこなしてくれたね、あの客も大満足だったようだよ。体の調子はどうだい？」

女将さんはツヤツヤの笑顔で、まずはわたしを労《ねぎら》ってくれた。

「思ったよりも平気です。色々と学びの多い一晩となりました。女将さんにはご無理を申し上げてしまい――」

「そうかい、よかったよかった。次は一ヶ月後だ。またあのお客の相手を頼むよ」

「…………えっ？」

わたしの言葉を遮って、女将さんがサラッと告げた。

「待ってください、一ヶ月後？　わたしは今回だけのつもりで……でしたよね？　どういうことですか？」

「いいじゃないか、せっかく指名されたんだし、もったいない」

話が違う。もったいないとは自分でも思うけど、わたしの本業は薬師だ。娼婦の仕事にのめり込むつもりはない。

反論しようと口を開いたが、女将さんに詰められる。

「いいかい、よくお聞き。先方は仕事の都合で月に一度しかご来店できないとのこと。しかも、その一回に十倍の金を払うと言ってるんだ。月に一度だよ？　たった一晩こうしてここで働くだけで、他の嬢の十倍の給金を受け取ることができるんだよ。好条件じゃないか、受ける以外に何があるって言うんだい！」

（女将さん……お金の誘惑に勝てなかったのね……）

彼女のツヤツヤ笑顔のわけを、わたしはここでようやく知った。

味方だと思っていた人は、いつしか敵になっていた。断ってもらうはずだったのに、逆にわたしが説得されることになろうとは。

「先方はミア先生を専属にしたいと言っている。だからアタシも他の客を押し付けることはしないよ。月にたった一晩、あの客の相手をしさえすればいいんだ」

月に一度、ザイオンの相手をする――。

（彼との行為はすごくよかった。生き返った実感もある。でも……）

わたしがわずかに揺らいだのを察知したのか、女将さんは畳み掛ける。

「たとえば、『仕事』とお堅く考えずに、単なるお友達と会うだけだと考えたらどうだい？　ミア先生はお友達と会うだけだ。それでその場所がたまたまうちの娼館だったという。部屋代は先方が払うし、アタシからミア先生に支払うのは、あれだ、小遣いだ。長らくお世話になっていて、もう孫みたいなもんだからね。……っていうのは、どうだい？」

お友達。つまりセフレということか。

（娼婦と客、と考えるより、心理的負担も軽い気はする。言葉遊びに過ぎないけど、セフレ……それならまあ、アリ、なの……？）

女将さんにはわたしの頭の中を覗く能力でもあるのか、ぐらつき具合を見極めて最後の追い込みをかけてきた。

「なんとか、五回……いや、三回だけ引き受けてくれないかい？　そうすれば、あとはミア先生がやめたい時に好きにやめてもらって構わないから。秘密も厳守するよ。先生がここで誰と会って何をしているか、命に代えても絶対によそに漏らしたりしないから！」

女将さんはすごかった。

曰《いわ》く、ミア先生の評判はよく聞いている。ティルト先生に負けず劣らずの優秀な薬師さまで、全国の貴族から往診の依頼がひっきりなしに届いていると。男社会の中で頑張っている姿は、同じ女として感動する。いつも仕事で疲れているのだから、こういう気分転換も十分楽しめると思う。——と、そんなことを熱心に説かれ、わたしはグラッグラに揺れた。

何より、女将さんは国教であるエクシラ教の話題を出さない。仕事柄なのだろうが、国教が掲げる『無欲であれ』という教えをまるっと無視するだけでは飽き足らず、「お金欲しい」「セックス楽しもう」と欲望を曝《さら》け出している潔さに、わたしは好感すら抱いていた。

(欲望がない人間なんてつまらない。そういう意味では、綺麗事しか口にしない聖職者たちより、女将さんの方が信頼できる気がするけど……)

「……わかりました。まずは三回だけ。それから先のことは、現時点でのお約束は難しいですけど」

渋々受け入れた形だったが、密《ひそ》かにわたしは高揚していた。

なぜなら、甘美な蜜の味をわたしはもう知っているから。ザイオンと上り詰めたときの素晴らしさ、そして事後の体の軽さ。

昨日までの自分に戻ることには、すでに恐怖さえあった。だから、ザイオンの提案と女将さんの後押しは、わたしにもとても都合がよかった。

晴れてわたしたちは『娼婦と客』ではなく『セフレ』となった。三回だけ、と言っていた逢《おう》瀬《せ》もやめられないまま、半年が経ち一年が経ち、そして――。

「よく来た。私がサンセドピア聖国皇帝、エゼキエル・ラングミュアである」

（いやザイオンじゃん）

この日、わたしはこの国の皇城に薬師として呼び出されていた。

そこで目にしたのは、堂々たる態度で玉座に座り、当然といった顔でこの国の皇帝を名乗る男、ザイオン。

ザイオンが偽名を使っていたとしても別にいい。ザイオンの正体がなんだったとしても、それも別にどうでもいい。

でも、皇帝って!!

（その発想はなかったわ……他人の空似というレベルをはるかに超えてるし、エゼキエル皇帝陛下に兄弟はいらっしゃらないはずだし、もう同一人物確定じゃん！）

陛下の胸筋は確実にザイオンのそれ。

分厚い生地で仕立てられたジャケットの上からでもわかる、筋肉が描く美しい曲線。張りといい丸みといい、幾度となくザイオンの生乳《なまちち》を見て触ってきたこのわたしが見間違えるはずがない。ちょうど昨夜も散々触ったし。

謁見の間の広い空間に、一年前「先っちょだけ！」と必死になって吼《ほ》えていたのと同じ美声が響いている。……ウケる。

「我が母を救ってくれたミア・ベネトナシュとはそなたのことか」

「救った……とは大袈裟《おおげさ》ですが、はい。ミアと申します。本日はこのような場を設けてくださり、大変光栄に存じます」

膝をついて座ったままわたしは軽く頭を下げたが、動揺のせいで声が震えた。

ザイオンの正体はわたしにバレたわけだけど、幸いなことにその逆はまだ。まだわたしの正体はバレていないのである。

きっと、面布のおかげだ。薬師の正装には面布も含まれるため、皇帝陛下の御前でもわたしは顔半分を隠した状態にあったのだ。だからきっとザイオンは気づけなかったのだろうが、バレるのも時間の問題だ。

(皇帝とか勘弁してよ……なんでこんなところで会っちゃうかな？　バレたくない……まじでピンチなんですけど！)

ミア・ベネトナシュ、二十六歳。
こんなにヤバみを感じたのは十一年ぶり、異世界トリップして以来二度目の珍事である
……。

4

薬師という立派な本業がありながら、娼館で男との密会を繰り返していたわたし。しかも金に困っていたわけではなく、性衝動を解消させたかったがために。

そんな噂《うわさ》――事実だけど――がもしも広まってしまったら、果たしてわたしはどうなってしまうのか。この国で穏やかに暮らしていけるのか、迫害されてしまうのか。

そして何より、ザイオンはもう二度とわたしと会ってくれなくなるのでは――。

「……ミア殿？」

「いえ、なんでもございません」

名を呼ばれたことで現実に戻り、慌ててわたしは笑顔を作った。

今回わたしが皇城《ここ》に来たのは、褒賞を頂戴するためである。陛下の母君の病に気づき、治療に貢献した功績が讃《たた》えられ、陛下直々に感謝を伝えたいと打診があったのだ。

（『ザイオン』は偽名で、その正体はこの国の皇帝、か。道理で金払いがよく紳士的で所作も

キレイなわけだ）

わたしが納得したのは、それだけじゃない。欲望からの脱却がいかに無理な話であるか、という点についてもだ。

ここは神の加護を受けしサンセドピア聖国だ。節制と禁欲が尊ばれるお国柄ゆえ、性に対しても規制が厳しい。

女性は顔と手以外の肌を公の場で晒してはいけないし、性行為は子を設けるための行為であり、楽しむなどもってのほか。もちろん婚前交渉に至っては禁忌。

でも、どれだけ綺麗な言葉で覆い隠そうとしたって、豊かになるには欲望が不可欠。禁欲なんて無理な話だ。性欲がなければ子は生まれないし、物欲がなければ経済も回らないだろう。

それをこの国の長たる皇帝が身を以《もっ》て示していたのだから、とても皮肉なことである。

（ザイオン……あなたのその完璧聖人に見えるのに誰よりもえっちで絶倫巨根ゾンビなところ、最高だわ）

彼との行為はとてもよかった。致しながら愛を大量に囁いてくれるので、誰かに認められ愛される幸福感も存分に味わうことができた。

顔も体も行為も好みで、いつだってわたしに優しく接してくれたザイオン。

でも、セフレ以上の関係をわたしは決して望まない。余計な未来を夢想しない。

（ザイオンには会うたび求婚されていたけど、受け流しておいて本当によかった。特にこの国

において、皇帝がセフレと結婚するなんてあり得ないもの）

愛しているとか、結婚したいとか。ザイオンの正体がわかった今、やはりあれらは戯れの言葉だったのだと理解する。

正直、危なかった。体だけじゃなく、心まで欲しているのかと錯覚してしまうところだった。

どうせ人間は一人で生まれて一人で死ぬ。愛なんて、信じた方が負けなのだ。

（しゃーない、切り替えていこ！）

相手は皇帝、たかが街の薬師がどうこうできるご身分ではない。

むしろ、身バレしなければこれからもセフレでいられるということを、わたしは喜ぶべきなのだ。

深呼吸をして息を整え、皇帝陛下に頭を下げる。

「この度は貴重な機会を賜り、どうもありがとうございました。深く感謝するとともに、今後も薬師として人々を助けるため邁進《まいしん》していく所存にございます」

「うむ。そなたの活躍を、これからも楽しみにしている」

この人は、閨《ねや》の中ではわたしのことを「そなた」ではなく「あなた」と呼ぶ。声色ももっと柔らかいし、丁寧な敬語を使う。

（今の喋《しゃべ》り方、いかにも皇帝って感じ。頑張ってるんだね。わたしも頑張らなきゃ）

精悍《せいかん》で神々しい外見からは、この男が実は煩悩の塊だなんて誰も想像できないだろう。絶倫で、独占欲や執着心の強さからかわたしの体に数多《あまた》の所有印《キスマーク》を残したがる男。股の間にある武器は大きさもさることながら耐久性と火力に優れ、一度や二度吐き出したくらいでは硬度が全く衰えない永久機関。

(それでいて国民が望むままの理想の皇帝として振る舞っているザイオン……これはこれでヨシ)

わたしたちはセフレであり、体だけの関係だ。でも、正直、嫌いじゃない。嫌いだったらセフレでい続けるわけないし。

だからこそ、面倒ごとは避けるに限るのだ。

締めのやり取りを無事終えたところで、わたしは立ち上がり陛下に背を向けた。控えていた案内役について扉へと進んでいく。

(ヨシ、全然気づかれなかった～！　焦ったけど杞憂《きゆう》だった～よかった～！)

コッソリわたしは安堵《あんど》のため息を吐《つ》いた。

皇帝陛下は『ミア・ベネトナシュ』と『ミヤコ』が同一人物だと気づかない。少しも疑う気配はない。

(そうそう、昨日のザイオンもすごかったよね～。帰宅して鏡の前に立った時、あまりにもキスマークだらけでびっくりしたもん。思わず病気を疑ったわ)

身バレの危機を無事乗り切ったと確信していたわたしは、つい油断して余計なことを考えた。だからバチが当たったのかもしれない。

「――待ってください!!」

「っわ!?」

肩が後方に引っ張られた。強引に振り向かされたせいで、わたしの体が大きく揺れる。そして、バランスが崩れ転倒しかけたところを、いつの間にか近づいていたザイオンが逞《たくま》しい腕で抱きとめる。

「……も、申し訳ありませんっ」

慌てて離れようとするのに、わたしの腰に回された手は拒むことを許さないほどに頑強。

「あの……へ、陛下?」

「…………」

びっくりして見上げると、陛下は陛下でわたしをまじまじと見下ろしていた。碧く澄んだ目を見開き、わたし以上に驚愕《きょうがく》しているようでもある。

(……うん? 待って……さっきの陛下、『待ってください』と言わなかった?)

核心にたどり着くにはもう少し推理が必要だった。見つめ合ったまま、わたしは必死に思考する。

(ザイオンは敬語を使うけど、エゼキエル陛下は使わない。でも『待ってください』と言ってわたしを引き留めた。ということは、つまり――）

嫌な予感がした。むしろ嫌な予感しかしない。

彼の口がゆっくり開いていく。これを止めねばならないとは思うものの、体が強ばり動けない。声すら発せず、ただその様子をじっと見守ることしかできない。

揺れる瞳、開く口。いくらかの空気が吸い込まれ、胸郭がわずかに膨らみ――。

「あなたは……ミヤコ？」

心臓発作を起こすときは、こんな感じなのだろうか――などと、呑気にも考えてしまった。

鼓動の爆音が耳に響き、指先の感覚が失われる。

（どうして？　どうしてこのタイミングで気づかれるわけ!?　さっきまで全然気づいてなかったのに……まさか、わたしの後ろ姿で見破った？　ザイオンは後背位がお気に入りだったけど、いくらなんでも、そんな、……ね？）

彼の口から『ミヤコ』の名が出たことで激しい動揺に襲われたが、気取られては終わりだ。目を逸《そ》らしてはかえって不審に思われる。だから視点は定めたまま、ちょっとだけ眉を顰《ひそ》めて否定する。

「いいえ、エゼキエル陛下。人違いにございます。先ほど申し上げた通り、わたしはミア・ベネトナシュにございます」

「だ、だが――」

疑われているからこそ、わたしは堂々と振る舞った。

わたしはミア。ミヤコは別人。まずミヤコなんて聞いたこともない——と己に言い聞かせながら。

「恐れながら、エゼキエル陛下にお目にかかったのはこれが初めてでございます」

「そっ…………そうか。そうだな。そうだった。……すまなかった」

わたしの言葉を信じてくれたのかはわからないが、とにかく陛下の拘束が緩んだ。その隙に彼の腕の中から抜け出し、距離を取って頭を下げる。

「では、皇帝陛下。失礼いたします」

危機的状況をなんとか乗り切り、今度こそわたしは彼の前から去ることに成功した。

5

大きく逞しい体躯を誇る、金髪碧眼《きんぱつへきがん》の美丈夫。

国土全体に結界を張り巡らせて余りあるほどの神力を有し、その証拠に彼が皇帝となってからは一度も結界が破られたことはない。

統率力、行動力と求心力に長《た》け、国民から絶大な人気を誇る皇帝。と同時に国教であるエクシラ教の最高指導者でもあり、『神に愛された皇帝』として広く親しまれている。

彼を敬って『聖帝』だとか『聖下』と呼ぶ者もあるくらいで、ついでにわたしのセフレ。

帰りの馬車が出発し、皇城をいくらか離れたところでわたしはようやく警戒を解く。

「危なかった……バレるかと思ったああぁ!!」

いくらなんでもここまで来たら絶対に盗み聞きされることはないだろうと、馬車の中で叫び声を上げた。……音量は控えめで。

「もしもあそこで『そうです』と返事していたらどうなっていたんだろう。『そうです、わたしが昨晩あなたと愛し合ったミヤコです』と。……いや、ないわ。ないない」

たられればを考えかけたものの、わたしは即否定した。

「逆にザイオンこそ、どういうつもりなの？　立場上、わたしとの関係を絶対に誰にも説明できないくせに」

エクシラ教の最高指導者が婚前交渉に耽《ふけ》っていたなんて。禁欲を説くかたわらで、人一倍欲望まみれの習慣を持っていたなんて。

「……ということは、ザイオンはわたしの正体を深追いできる立場じゃないよね？　バレて困るのは彼の方だし、むしろわたしが暴露することを恐れるんじゃない？」

しかし先ほど家臣たちが見守る中で、既知の仲だとバラしかけたのはわたしではなくザイオンの方だ。わたしの存在を隠したいのなら、あの場で彼は他人のふりをし通したはず。

「……まさか本気で結婚しようと？　……いやいや、ないないない。絶対にないでしょ」

皇帝がセフレを妻にするわけがない。万が一彼が望んでも、宗教的に許されない。

(でも、セフレだということを隠してしまえば……？　母親を治療した薬師と仲良くなって云々、という筋書きをでっちあげればそんなに不自然には聞こえないかも……)

「って、考えすぎでしょわたし!?」

必死に推理する自分を気味悪く感じ、わたしは笑って誤魔化した。

(ヤダ、もしかして誰かがわたしを本気で求めてくれるとか、いまだに夢見てた？　だめだめだめ、上手《うま》くいくわけがないって。いい加減諦めようよわたし！)

考えすぎ。自惚《うぬぼ》れすぎ。わたしはそう決めつけた。

もしも次に彼がわたしに近づこうとするならば、それは愛を説くためではなく、口止めをするためだろう。

あの関係を楽しんでいたのは明らかにわたしだけではなかったし、仮に関係を終わらせるにしても、一度は話す必要があるはずだ。……口止めのために。

「それなら余計、ザイオンの『疑い』を『確信』に変えさせちゃダメだ。わたしがミヤコだと知られたら最後、セフレの関係が終わる」

わたしは変化を望まない。愛されなくてもいい。今までと同じ日常を、これから先も過ごしたいだけ。

(ヨシ、決めた！　知らないふりをしよう！)

わたしは両手をグッと握り、決意した。

もしかしたらまた先方から何かしら接触があるかもしれないけど、どんな揺さぶりを仕掛けられようと、知らぬ存ぜぬを貫き通すことにする。

「これで解決ね。……さてと、今日はこれから往診の予定が一件入っているし、ひとまず到着まで少し寝て英気を養うことにしますか。……ふぁ」

己の中でとりあえずの決着がついたので、わたしは背もたれに体を預けた。安心したら、眠気に襲われた。

腕を組んで目を瞑《つむ》り、仮眠の体勢を作る。

「ザイオンが皇帝陛下か。すごいなあ、皇帝なんて絶対に近寄るものかと思っていたのに……って、知らないふり知らないふりー――」

改めて考えると、この国の首長がセフレだなんて自分でも信じ難い話である。

父からは絶対に近寄るなと言われていたうちの一人が皇帝。心配しなくても会う機会なんて永遠に訪れないから！　と笑って宥めていたのが、昨日のことのように思い出される。

だというのに、自分でも気づかないうちに接近していたなんて。

――と、のんびり回想していたわたしは慌てて飛び起きる。

「そ、そうか、彼が聖職者だからムラムラが落ち着いたのかっ!!」

サンセドピア聖国にいる七人の領主と皇帝――厳密には八人だが、最も神力の高い領主は皇帝を兼任する――は、政治と同時に祭祀《さいし》も司《つかさど》る。だから彼らは生まれながらにして結界を張るための修行を重ね、聖職者としての資格を得る。そして皇帝となった者は自動的にエクシラ教の最高指導者となるのだ。

エゼキエル・ラングミュアはラングミュア領の領主であり、皇帝であり、エクシラ教の最高指導者……。

「え、どうしよ……最高指導者!? そんな相手が……セフレ!?」

絶対に接触を避けるべき相手。父の教えを遵守していたはずが、いつの間にか破っていたとは。

(お父さんごめん……でも知らなかったわけだし、ノーカンにしてもらえないかな……)

最初にザイオンと関係を持った時期が父の帰天後間もなくという点も、後ろめたさを倍増させる。

自分を落ち着かせようとして、唇に手を当て考えた。

「で、でも、最悪の場合ミアとミヤコが同一人物だとバレても、わたしが聖女だってことまでバレるわけじゃないんだし、結局大丈夫ってことでいいのでは? できればこのままセフレでいられたら、それが一番都合がいいんだけど……!」

眠気なんか吹っ飛んだ。いわゆる『いいとこ取り』ができないか道中必死に考えてみたが、有意な答えが見つかるよりも先に自宅に到着してしまった。

第二章　跪《ひざまず》いて尻をお舐《な》めしてもいいですか

1

エゼキエルは昔から無欲で、我が強い方ではなかった。周囲が望むように学び、育ち、吸収し、ついに皇帝となった。

だが『皇帝』という地位にも職務にも、彼は魅力を感じていない。

神に祈りを捧げ、結界を維持し、国を潤す算段をし、悩みを持つ者に金言らしきものを授ける。あるいは、意見をまとめて多数の者が納得する未来へと導く。

望まれるからそうしているのであり、皇帝としてエクシラ教の最高指導者として、それらしく振る舞っているだけ。

エゼキエルはこれまでに数え切れぬ忍耐を強いられてきた。

幼少期は同世代の子どもと同じように遊ぶことを禁じられ、家庭教師たちに囲まれて座学と体術、剣術に明け暮れる日々を過ごした。成人してからも大した自由は認められず、ラングミュア家の当主として、あるいはサンセドピア聖国の皇帝としてふさわしい振る舞いが求められた。

――どうして自分だけ。どうして自分が。なぜ。

生まれ持った穏やかな性格ゆえ、エゼキエルは他人に悩みを打ち明けることも八つ当たりをすることもなかった。鬱憤《うっぷん》は外部に向けて発散されぬまま、彼の中に溜まり続けた。そして本人も知らぬうちに圧縮され凝縮され、やがて思いもよらぬ形で発露する。

『エゼキエル、今日もとっても頑張ったね。ご褒美にわたしのこと、好きにさせてア・ゲ・ル♡』

あどけない顔に豊満な肉体。すけべなことに積極的で、淫靡《いんび》な言動でエゼキエルを癒してくれる、小悪魔的存在。……架空の。

つまり《イマジナリーセックスフレンド》である。

エゼキエルはストレスを溜めすぎたせいで、無意識的にイマジナリーセフレなる存在を脳内に作り上げてしまったのだ。

際限なく優しくて、いついかなる時も己を労《いたわ》ってくれるイマジナリーセフレ。禁欲を尊ぶ環境において彼女はとんでもなく淫らで新鮮で、エゼキエルはたちまち虜となった。

それからというもの、どんな無理難題が立ちはだかろうとも、寝床の中でイマジナリーセフレが慰めてくれると思うだけで、エゼキエルは辛さを感じなくなった。

『エゼキエルお疲れ様、今日は先にご飯にする？　お風呂にする？　それとも、イ・ラ・マ・チ・オ？♡』とか『エゼキエルお疲れ様、ハイご褒美の無限射精地獄♡』とかいう労いの言葉とともにめくるめく奉仕が待っていると思ったら、いつだって何事にも全力で取り組めた。

……もちろん、実際にご奉仕をしてくれるのは女性ではなく己の右手だが。

今のエゼキエルがあるのは、間違いなくイマジナリーセフレのおかげだ。彼女に感化されるように性欲の膨張はとどまるところを知らなかったが、皇帝としてのエゼキエルはいい具合に肩の力が抜けますます民の信頼を集めた。

ただ、イマジナリーセフレは結局のところ空想の人物。実際に触れ合える機会は永遠に訪れないのである。

エゼキエルは彼女に操を立てるため、己の周囲にいる女性で『ヌく』ことをしなかった。実際に行為に及ぶことはおろか、右手を使って己を慰める時も、イマジナリーセフレを一途に妄想し愛した。

しかしやはり、どれだけ彼女を愛そうともイマジナリーセフレは現実には存在しない。皇帝たる振る舞いを求められ、周囲の期待に応えるため日々奮闘するうちに、エゼキエルは右手だけでは物足りなさを感じるようになってしまう。

そして、そんな彼が娼館通いを始めるのにそう時間はかからなかった。

月に一度だけ、生身の女性を抱く。そのことに、エゼキエルはとてつもない罪悪感を覚えた。抱く相手がイマジナリーセフレではないからだ。

――愛しい人よ、本当に申し訳ありません。罪滅ぼしにはならないでしょうが、あなただと思って嬢を抱きます。だからどうか、どうか愚かな僕をお許しください――

エゼキエルは自己暗示をかけ、一夜をともにする娼婦をイマジナリーセフレだと思って漲《みなぎ》る愛を込めて抱いた。痛くしないように、気持ちよくなるように。乱暴な真似は絶対にしない。言葉遣いにだって細心の注意を払った。

ところが、悲しいことにエゼキエルはとんでもないむっつりスケベであり、とんでもない絶倫だった。

エクシラ教が性交時の体位として公認しているのは正常位のみ。しかしエゼキエルは後背位に並々ならぬ興味関心を抱いており、まず三店で後背位をしようとして出禁になった。

それ以降は「娼館であっても正常位以外は許されぬことなのだ」と理解し後背位を封印したが、なにせ彼は絶倫。一度果ててもあっという間に充填が完了してしまう。

エゼキエルは正常位なら問題ないと高を括っていた。だからいつも朝日がのぼり帰らねばならなくなるギリギリの時間まで、夜を徹して腰を振り続けていたのだが、今度はその絶倫っぷりに娼婦たちから不満が続出、結局再びあちこちで出禁を喰らうはめになる。

ミヤコに出会ったのは、皇城から通える距離にある娼館の、最後の一店から出禁を喰らわんとしていた時だった。

——夢？

それが、彼女に会ってまず最初にエゼキエルが抱いた感想であった。

彼女はイマジナリーセフレと瓜《うり》二つだった。それどころか、上位互換。

トロンとした優しげな目に、みずみずしい唇。童顔と、それにそぐわぬ恵体。胸・腰・尻のバランスはイマジナリーセフレに求めていたものを軽く凌駕《りょうが》し、息をするのも忘れるくらい底知れぬ色気を放っていた。

娼婦には珍しくセージの香りを身に纏っているところもエゼキエルには新鮮で、どっぷり嵌まるきっかけになった。

彼女をひと目見た瞬間、エゼキエルの中にいたイマジナリーセフレは消えた。その代わりに、ミヤコがエゼキエルの脳内をたちまち占拠してしまった。

「……ザイオン。じゃあ、今日はよろしくね。たくさん気持ちよくなろう？」

始める前の、簡単な会話。女性にしては低く穏やかな声もまた素晴らしかった。名を呼ばれただけで、子どもの頃に抱き溜まったまま放置されていた不満や鬱屈が一気に晴れていく錯覚にすら陥った。

そして。

——めちゃくちゃにしてほしいの。

——もっと。

──ザイオンが欲しい。

色気を纏った声と台詞で、ミヤコはザイオンを陥落させた。徹底的に、完膚なきまでに、他の女性が欲しいなどとゆめゆめ思わないほどに。

おまけに、騎乗位。

この国では、欲望を曝け出すことは恥だと考えられている。食事は美味《おい》しいものを少しずつ、衣類は慎ましやかですっきりしたシルエットのものを、そして性交は子をなす目的でのみ。

娼婦たちですら性交の体位を正常位に限っている中で、いきなりザイオンに跨って陽根を己に埋めようとするミヤコは、明らかな異彩を放っていた。

極め付けが、彼女の体力。

ザイオンが絶倫なのは言うまでもないが、案外ミヤコも絶倫だった。何度達してもいい声で鳴き、上り詰めれば上り詰めるほど、底なしに感度が高まった。

愛液が枯れることはなく、魔法の泉のように溢れ続け、その他の娼婦のお決まりの台詞だった「やめて」という言葉も彼女の口から出ることはない。

惚《ほ》れない方が無理だった。手に入れたいと思わない方が無理だった。

残念ながらいくら本気で求婚してみせても、ミヤコがエゼキエルの懇願に頷く日は訪れなかったけれど。彼にできるのはせいぜい、金の力で他の客と寝るのを禁じることくらい。ひとときだけでもミヤコが自分のものだと感じたくて、逢瀬の度に彼女の柔肌にたくさんの所有印《キスマーク》を残した。

エゼキエルは皇帝だ。その地位にある限り、娼婦を妻にするとなるとさまざまな問題が立ちはだかる。もちろん、彼にはそれら全てを乗り越える自信があったが、己の正体を明かした時にミヤコにどう思われるかが気がかりだった。

（ミヤコ……ああ、愛しいミヤコ。許されるならば今すぐ煩わしい問題の一切を放棄して、あなたのもとへ駆けていくのに……！）

皇帝でいる時間は、彼にとって退屈で仕方がない時間だった。だからいつも澄ました顔をしながらも、頭の中は常にミヤコ――かつてはイマジナリーセフレ――とのいかがわしい妄想でいっぱいにして乗り切っていた。

にもかかわらず、職務を放棄しない理由。

それは、失望されたくないからだ。

彼の母フレイアは、夫、つまりエゼキエルの父が皇帝の座に就くことを夢見ていた。結婚当初こそフレイアは夫に多大な期待を抱き、また彼自身よき領主として領民に愛されていたものの、神力で他家の当主たちを上回ることがどうしてもできなかった。

いつしかフレイアは夫に期待しなくなり、やがて期待を向ける相手を息子のエゼキエルに変えた。彼女の夫は当主の座を息子に明け渡すと逃げるように屋敷の奥へと引っ込み、今からおよそ十二年前、ひっそり天へと帰っていった。

存命中も帰天後も、フレイアの口から彼の話題が語られることはほとんどない。同じ屋敷に住んでいながら目を合わすことも会話をすることもなく、まるで空気のような扱い。

エゼキエルは、父親のようになることを恐れていた。

失望され、配偶者にすら見放された人生。『いる』のに『いない』ものとして扱われる人生。生きているのか死んでいるのかわからない状態――。

当時のエゼキエルは周囲の期待に応えるだけで精一杯で、父親の抱える闇に触れることができなかった。大人ならば子どもの助けを当てにするより己でなんとかすべきだが、それでもエゼキエルは自分にもできることがあったのではないか、という苦悩を今も胸に抱いている。

だからせめて父親と同じ末路を辿らぬよう、誰もが認める『皇帝』を演じ続けているのである。

＊＊＊

「エゼキエル聖下、おはようございます」

朝の散歩に出かけた先で、エゼキエルは透き通った声に呼び止められた。

「リリムか。そなたはいつも早いな。しかしここは部外者の侵入が禁じられているはずだが……？」

「はい、エゼキエル聖下の特別なお許しがあると伝えたところ、警備の者が快く通してくださいました」

（お許し？　入れるなと言ってあるんだが……さてはリリム、また己の容姿を武器にして上手く警備を言いくるめたな？　本当に勘弁してほしい……）

彼女はリリム・エリゴール。サンセドピア八王家のうちの一つ、ウィーデマン家当主プレスコットの姪《めい》にあたる。

白金の髪は太陽の光を浴び、頭の輪郭に沿って発光しているかのよう。緑の瞳はとても淡く、引き込まれそうなほど神秘的——というのは、世間における彼女の評判だ。

巷《ちまた》ではエゼキエルの妃候補《きさき》としてしばしば名が挙がっているようだ。家柄もよく、美しい彼女は皇妃にふさわしいと思われているのだろう。

エゼキエルはちらりとリリムを窺った。

真っ白な肌に、真っ白な薄手のワンピース。丈は長くエクシラ教の戒律を遵守している服なれど、光によって腕や脚の華奢《きゃしゃ》なシルエットが透けるため、体の線がよくわかった。

彼はすぐに視線を逸らし、心の中で悪態をつく。

（空を眺めておけばよかった）

正直なところ、エゼキエルはリリムのことが苦手だった。

どこが苦手かと言えば、全部だ。

ミヤコは童顔だが、リリムは大人びた顔。ミヤコはむっちりとして肉付きがいいが、リリムはほっそりとした痩せ型。ミヤコは吸い込まれそうな黒髪黒目だが、リリムは白金の髪と薄い緑の瞳。

確かにリリムは美女だが、エゼキエルの思う『美女』とはミヤコなのであって、リリムの容姿に魅力を感じはしなかった。

何より苦手としているのは、リリムの我儘《わがまま》で自分本位な性格だ。

警備兵があとで上の者に叱責されることをわかっていながら、己の望みを通すことを優先する傍若無人ぶり。嘘だって平気でつく。そういうところが絶望的に受け付けず、エゼキエルが彼女に惚れる可能性など皆無だった。

もちろん彼は腹芸が得意なので、嫌っていることを悟られるような真似はしない。笑顔もごく自然に作れるし、当たり障りのない言葉だってすぐに思いつくことができる。

(今すぐ出ていって二度と僕の前に現れるな、と言いたいが……無理だな)

「今日だけは特別に許そう。明日からは弁《わきま》えられよ」

「はい！　ありがたく存じます。寛大な聖下、敬愛しております」

「………」

ちっともこたえていないどころか、両手を胸の前で合わせ目玉が落ちんばかりの上目遣いを向けてくるリリムに、エゼキエルはヒッと声を上げそうになった。

（やめてくれ、僕にその決めポーズは逆効果だ。怖い……）

いつものごとく適当に会話を切り上げて、エゼキエルはリリムから離れた。その際「今日は客人に会う予定があるから」という口実を使ったが、皇帝の彼が客人に会うのはほぼ毎日のことなので嘘ではない。

「陛下、よいのですか？　リリムさまですよ？　そんな気のない返事をなさって……後ほど二人きりのお時間を設けましょうか？　午後の公務ならばいくらでも融通を利かせられますが」

歩く速度を上げたエゼキエルを側近のクラウジウスが追いかけてきて、迷惑な提案をよこした。

（クラウジウスは頭こそ回るが、女性を見る目がないな。そんなにリリムを推すのなら、お前がリリムを娶《めと》ればいいんだ）

いい加減うんざりしていたので、エゼキエルは決意する。

「リリムはウィーデマン家の縁者で身分的に申し分なく、そういう声があることも把握している。だが、それだけだ。この先、私から何らかの働きかけをすることはないのだと、お前には理解しておいてほしい」

これまでは、己の結婚相手についての明言はできるだけ避けてきた。しかしこのままではリリムに悩まされるばかりだし、そのうち外堀を埋められて逃げられない状況に追い込まれてしまうかもしれない。

それならば、己の最も近しい味方だけにでも、妃選びに向けての胸の内を明かしておこうと思ったのだった。

「……承知いたしました。陛下、我が皇帝。あなたさまがそうおっしゃるならば」

クラウジウスは一瞬沈黙したが、すぐに納得してくれた。警備のくだりも聞き耳を立てていたので、リリムを絶対に通さぬよう、衛兵に再度厳命しておくとまで言ってくれた。

それだけにとどまらず——。

「もしやエゼキエル陛下、妃候補をご自身ですでに選定なさっておいでなのですか？」

そう言われてまず真っ先に頭を過《よ》ぎるのは、ミヤコだ。しかし彼女は娼婦であり、今の時点でクラウジウスに告げるには時期尚早だった。

「想像に任せる」

クラウジウス・アウスヤラルユルとはエゼキエルが皇帝になる前からの付き合いだ。ラングミュア家に仕えていた彼の頭の出来を買い、皇帝に即位しラングミュア領から移り住む際に側近として中央領に連れてきたのだ。

クラウジウスは特に記憶力がずば抜けており、一度読んだ本の内容は忘れることがない。世界情勢にも精通し、エゼキエルの右腕として大変頼もしい存在だった。

そして、エゼキエルがクラウジウスを信頼しているのと同様に、クラウジウスも皇帝に十分な信頼を置いていた。だからこそ、彼は主《あるじ》の言葉をよき方向に捉えたようだ。

「承知いたしました。陛下からご紹介いただける日を、心待ちにしております」

(ミヤコ……クラウジウスに紹介できる日は来るのだろうか)

ちょうど昨夜、満月の夜、エゼキエルは一ヶ月ぶりにミヤコとの逢瀬を果たしたばかりだった。にもかかわらず、すでに頭は次の逢瀬のことで占められていた。

『ザイオンに会えるのが待ち遠しくて、指折り数えて待ってたの』

昨夜、部屋を訪ねたエゼキエルにそんなかわいいことを言って出迎えてくれたミヤコ。エゼキエルは激しく胸をときめかせ、衝動のまま抱き上げてベッドへと直行した。

一年前、出会ってすぐの頃は、ミヤコの容姿と体の相性の良さに溺《おぼ》れた。どんな体位をせがもうとも、何度続けて抱こうとも、ミヤコは受け入れるばかりか『もっと』と言ってエゼキエルを煽った。

逢瀬を繰り返していけば、自然と会話も増えていく。

エゼキエルが彼女に完全に落ちたのは、会話を交わすことでわかる、ミヤコの深い優しさゆえだった。

『僕は皆が思うほど正しい人間ではないのです。性欲を持て余し、こうして娼館に足を運んでいる。一般的な価値観で言えば、明らかに間違っている』

どういう会話でその言葉が出たのだったか、エゼキエルは覚えていない。だが、ミヤコがどう答えたのかは一言一句違《たが》えることなく頭にしかと残っている。

『そうやって悩めるザイオンは、十分すぎるほど正しいわ。真に間違っている人間は、あなたのように自分を省みたりしない。ザイオンのそういうところ、とても気高く美しいと思う。だからもっと自信を持って』

そう言って微笑みながら、エゼキエルの大きな体を小さな体で抱きしめたのだ。慈愛に満ちた表情で、まるで幼な子に接するように。

自分がどういう立場にいて、周囲にどう思われているか。具体的なことは一切ぼかしていたにもかかわらず、ミヤコは的確にエゼキエルを励ました。

皇帝として振る舞うことで抱えてしまうストレスを、性的なことでしか発散できないエゼキエル。しかしミヤコは肯定してくれた。

それがエゼキエルにどれだけの勇気と力を与えたか。その一言がどれだけエゼキエルの心を掴んだか。

(さっきまで会っていたというのに、もうミヤコに会いたくなっている。次会えるのはまた一ヶ月後か……今からこれでは先が思いやられる)

小さなため息を吐き、エゼキエルは背後にいた側近に尋ねる。

「クラウジウス、今日は薬師と会う予定だったな」

「その通りでございます。陛下の母君のご病気を治療してくださった、ミア・ベネトナシュという薬師の女性です」

「そうか。……わかった」

頭の中に母の声が過《よ》ぎる。

――絶対に、ミア先生にお会いして。女薬師ながら立派に自立し結果を出し、名声を得ても驕《おご》り高ぶることもない。あの方こそ、かつてわたくしが目指していた女性像。彼女ほど素晴らしい女性はいない。あなたからも大絶賛して、ラングミュアに来るよう掛け合ってちょうだい。彼女が手に入るのなら、手段は選ばない。いっそ皇妃に迎えたっていい。平民だけど、必要ならわたくしが後見人になるわ――

そう圧力をかけられたことを思い出し、エゼキエルは憂鬱になった。

（一度も逆らわず、母に言われた通りの人生を歩んできたというのに、結婚相手まで押し付けられるのか……）

一度あることは二度、三度続くと言われている。朝一番にリリムと顔を合わせてしまうといった不運が延々と続きそうな悪い予感に、エゼキエルは唇を噛む。

（ミヤコ……やはり月一回は少ないな……なんとかして頻度を上げられないものか……）

と思っていた矢先に、エゼキエルは意外な形で愛しい相手との再会を果たすことになるのだが――。

＊＊＊

「よく来た。私がサンセドピア聖国皇帝、エゼキエル・ラングミュアである。我が母を救ってくれたミア・ベネトナシュとはそなたのことか」

「救った……とは大袈裟ですが、はい。ミアと申します。本日はこのような場を設けてくださり、大変光栄に存じます」

ミアという薬師は、エゼキエルが想像していたよりも小柄な女性だった。

黒い髪を一本の乱れもなく結い上げ、顔の半分をきっちり面布で覆っている、生真面目そうで神経質そうな薬師。

その一方で垂れた目元にはまだ少女のあどけなさが残っており、二十六歳にはとても思えなかった。

身長も発育不良を心配しそうになるほど低いが、服の上からわかる肉付きは成人女性のそれ。全体的に丸みを帯び、一般的な女性よりも育っているように見える。

（ふむ、ずいぶんと抱き心地がよさそうだな。……いや、違う、そんなつもりはないですけど！　僕はミヤコ一筋ですから!!）

思わずエゼキエルは心の中でミヤコに詫《わ》びを入れた。

「堅苦しい挨拶はよい。そなたは母の命の恩人。その礼を伝えるため、この皇城に呼び寄せたのだ。本来ならば私が赴くべきところ、足を運ばせてすまなかった」

「勿体無いお言葉です。こちらこそ、皇帝陛下にお時間を割いていただきまして、まことにありがたく思います」

母が推す女性なんて、厄介なだけに違いない。つい先ほどまでエゼキエルはそんな鬱陶しさを抱いていたが、実際に彼女に会うとその評価はすぐに変わった。

（少し低めの声は耳に優しくて心地いい。このような場でも物怖《ものお》じせず、ハキハキと発言できるところもいいな）

「そなたはティルト・ベネトナシュ元薬室長の愛娘《まなむすめ》とか。非常に優秀な薬師だと風の便りに聞いたが、それはお父上譲りか？　ティルト殿も教えてくれればいいものを……子がいたことなど知らなかったぞ」

エゼキエルが皇帝に選出された一年後、ティルトは薬室長の任を離れた。

当時エゼキエルは十七歳。二人の関わりはわずか一年足らずだったが、診察などで顔を合わせる機会のあったティルトは若き皇帝のよき話し相手だった。

しかし、幾度となく語り明かした仲にもかかわらず、彼から娘の話はついぞ聞く機会がなかった。

（立場など関係なく親しくなれたと思っていたのに。どうして隠したりなんか）

エゼキエルの感傷に気づいてか、ミアがふっと目を細める。

「仕方がございません。その頃は母がひとりでわたしを養育していましたので、父もわたしの存在を晩年まで知らなかったのです」

ミアの穏やかな声に釣られるように、エゼキエルも微笑んだ。

「……そうか」

(そういう事情ならば僕に伝えようもないか)

エゼキエルは納得し、故人を思いため息を吐く。

「ティルト殿には世話になった。最期にひと目会いたかったが……残念だ。遅くなってしまったが、お悔やみを申し上げる」

「ありがとうございます」

ミアが粛々と頭を下げた。その仕草をなんとはなしに眺めていたエゼキエルは、ある既視感を覚える。

(――いや、気のせいか。きっと、ティルト殿によく似ているからだろう)

目の色こそ違えども、ミアは黒髪、ティルトも黒髪だった。ミアと会ったのはこれが初めてなので、ベネトナシュ父子の共通点を脳が錯覚したのだろうと片づけた。

ティルトとの思い出話にささやかな花を咲かせたあと、エゼキエルはミアに褒賞を渡した。

結局、彼は最後まで母フレイアからの伝言を告げなかった。母の願いは果たせないが、ミアという薬師を抱え込む気も、ミアという女性を妻に迎える気も、エゼキエルにはなかったからだ。

（ミア殿は優秀な薬師だ。これから先も活躍が期待でき、薬学の発展にも貢献してくれる人材のはず。ならばなおさら籠の鳥にしてはいけない。ミア殿が頼ってきたならまだしも、こちらの都合で彼女の未来を制限することは愚かな行為だ）

とはいえ、母を納得させるのは息子のエゼキエルにも至難の業《わざ》だ。思い込んだら突っ走る猪《ちょ》突猛進《とつもうしん》な性格ゆえ、彼女を落ち着かせるにはどれだけの時間が必要か、考えると憂鬱になった。

（とにかく、なんとかするしかないな。後でミヤコに労ってもらおう。一ヶ月後だが。ああ、早く会いたくてたまらない……）

「この度は貴重な機会を賜り、どうもありがとうございました。深く感謝するとともに、今後も薬師として人々を助けるため邁進していく所存にございます」

「うむ。そなたの活躍を、これからも楽しみにしている」

ミアがエゼキエルに背を向けて、扉へ向かい案内役のあとを歩く。彼から見えるのは、彼女の後ろ姿のみ。……そう、後ろ姿――。

「つわ!?」

火に焚《く》べた薪がパチンと爆《は》ぜるのに似ていた。あるいは、静かな平野を疾風が走り抜けていく様子にも。

エゼキエルは玉座にいたが、立ち上がると同時に駆け、周囲が異変に気づいた時にはミアの肩を掴んでいた。

衝動的で突発的な行動のせいでミアはバランスを崩し、エゼキエルの胸に倒れ込む。

「あの……へ、陛下？」

「………………」

己を見上げるつぶらな瞳。ほのかに漂うセージの香り。

（薬師の正装の上からでもわかる、腰から尻にかけての曲線。きゅっとくびれた腰から続く大きく膨らんだ臀部《でんぶ》。張りといい丸みといい、幾度となくミヤコの生尻を見て触ってきたこの僕が見間違えるわけがない。ちょうど昨夜も散々触ったし）

ミアの後ろ姿は、ミヤコのそれと瓜二つだった。

肩幅、腰、そして尻のバランス。エゼキエルにとって黄金比とも言えるバランスを有した女性など、そうそう見つかるはずもない。

それに加え、二の腕の太さ、胸に抱きとめた感触、香り諸々《もろもろ》。とにかく全てが、ミアとミヤコが同一人物だと彼の本能に訴えていた。

「あなたは……ミヤコ？」

聞くべきか、聞かざるべきか。そのようなことに悩むよりも先に、エゼキエルの口が動いた。

だが、薬師は小さく首を振る。

「いいえ、エゼキエル陛下。人違いにございます。先ほど申し上げた通り、わたしはミア・ベネトナシュにございます」

「だ、だが――」

「恐れながら、エゼキエル陛下にお目にかかったのはこれが初めてでございます」

突然の奇行にミアは戸惑い、不安そうな表情をしている。

「そっ……………そうか。そうだな。そうだった。……すまなかった」

エゼキエルは退《ひ》くことにした。彼女を帰すことにしたのだ。

――が、『人違い』というミアの言葉をそっくりそのまま信じたわけではなかった。

ミアは上手に誤魔化せたと思っているのだろうが、それは明らかに彼女の誤算。ミアの腰の抱き心地は、昨夜抱いたミヤコの感触と一致していた。だから彼女が何をどう繕おうと、エゼキエルの確信が揺らぐことはなかったのである。

「――クラウジウス」

ミアの退室を見届けてから、彼は側近の名を呼んだ。

「なんでございましょう、陛下」

「ミア・ベネトナシュを探れ。どのような情報でもいい。彼女について知りたい」

「承知いたしました」

不運が続きそうだ——という朝の時点での未来予測は、清々《すがすが》しいまでに外れた。

(なんてことだ……なんとありがたい、なんと幸運なことだ……！　偶然でも神の導きでもなんでもいい、とにかく僕は嬉しくて、嬉しすぎて……ミヤコ～～ッッ！)

エゼキエルは眉間に皺《しわ》を寄せて唇を噛み、にやけそうになるのを必死で押し隠していた。

2

——十日後。

エゼキエルの手には、クラウジウスが作成した調査報告書があった。

ミア・ベネトナシュ、二十六歳独身。父親は薬師ティルト・ベネトナシュ、母親はミマール領ムーリフ家の令嬢ナダ・ムーリフ。

十一年前、母の死を機に父のもとへ引越し、ティルトとの生活を始めた——とある。出生証明書も残っており、彼女の戸籍に不自然な点は見つからない。

「——なるほど。現在の交友関係や仕事については……これか」

報告書を捲《めく》ると、仕事に関する記述があった。

父の跡を継ぎ、往診専門の薬師として中央領を中心に活躍中。主な顧客は貴族の娘、夫人。

「イエーゲル、セトナ……ザイトリッツ？　ザイトリッツといえばヒルダヌス辺境領の重鎮だぞ？　そんな名家とまで関わりがあるのか？」

顧客一覧の中には八王家に近しい者の名も含まれており、お抱えの薬師にしたいというだけでなく「養女に迎えたい」「息子と結婚させたい」「財産を遺贈したい」とまで言っている貴族も複数いると補足があった。

「驚いたな、まさかこんなに幅広く……。想像以上にやり手の薬師のようだ」

そしてエゼキエルの目がとある名称に釘付けになる。よく知った娼館の名があったのだ。月に一度、ミヤコとの逢瀬を繰り返してきた娼館の名が。

彼がミアの素行調査をクラウジウスに依頼したのは、ミアとミヤコが同一人物であることの裏付けを取るためだった。

ミヤコとは娼婦と客として出会ったが、当初ミヤコは入店したてで素人同然。その後もエゼキエル以外に客を取った形跡はなかった。

娼婦はたくさんの男を相手して、莫大《ばくだい》な金を稼ぐ。エゼキエルが提案した通常報酬の十倍という金額は破格の値段に違いないが、月に一度と制限を設けず普通に客をとった方がミヤコは儲《もう》かったはずだ。

ところが彼女には薬師という本業があった。だから金銭に困ってはおらず、月に一度きりの逢瀬で十分だったのではないか――。

「エゼキエル陛下？　どうなさったのです、その薬師に何か問題でも？」

「いや──」

母の言葉が頭の中に蘇る。

『彼女ほど素晴らしい女性はいない。彼女が手に入るのなら、手段は選ばない。いっそ皇妃に迎えたっていい』

いっそ皇妃に迎えたっていい──。

ミヤコに求婚を繰り返していたのは、決して冗談ではなかった。もしも彼女が受け入れてくれたら、どこかの貴族の養女にして己と釣り合う身分を与えたのち、出会う場面からやり直そうと思っていた。

しかしここまで複数の貴族から信頼を得ている薬師なら、娼婦を妻に迎えるよりもずいぶんと苦労は少なくて済むだろう。母すら推す優秀な薬師だ。議会の承認も容易《たやす》いはず。

目を閉じて、ゆっくり深く呼吸する。最近のエゼキエルに険しい表情が増えたのは、にやけてしまうのを堪《こら》えるためだ。顔に力を入れなければ、すぐに緩んでしまう。

「……クラウジウス、セイデン」

エゼキエルのそばに侍《はべ》ることを許されているのはこの二人。右腕のクラウジウスと、護衛を務めるセイデンだ。

はい、とクラウジウスが返事をする。セイデンは黙したまま、視線をエゼキエルに向ける。

「決めたぞ。私はミア・ベネトナシュを妻にする。……必ず」

エゼキエルの人生において、これほど何かに執着を感じたことはなかった。

（ミアが欲しい。ミヤコが欲しい。皇帝の地位にある今ならば、それを叶える権力もある。あとはミヤコ――ミアがどの時点でこちらの手に落ちてくれるか）

決意を込め、エゼキエルは二人の様子を窺った。

セイデンは口数少なく、主《あるじ》の決めたことには逆らわない。だから今回も無言のまま頷いた。

一方、クラウジウスはといえば、ニヤニヤとしながら意味ありげな視線を主に送っている。

「なるほど、陛下のお好みはあのような女性だったと。だからリリムさまを遠ざけたのですね。二人はタイプが全く異なりますから……不肖クラウジウス、ようやく合点がいきました」

何ともいえない気恥ずかしさを咳払《せきばら》いで誤魔化していると、クラウジウスが持論を述べる。

「妃教育は必要となりましょうが、養子縁組の引き受け先もすぐに見つかりそうですし、なんなら平民の身分から直接輿入《こしい》れなさっても問題ないでしょう。ミア先生ほどの方ならば、そうした方が平民からの印象もいいかもしれませんね」

エゼキエルの提案でも難点があれば容赦なく物申す彼が、あっさりとミアを認めた。それがまるで自分が誉められたように思えて、エゼキエルは嬉しくなる。

「そうだな。ミアは身分などなくても、皆に受け入れられるだろう」

「承知いたしました。では、まずは陛下とミア先生……いえ、ミアさまとの接点を増やすといたしましょうか。突然妻にとおっしゃっても、先日ようやく初対面を果たしたミアさまには受け入れ難いお話かと存じます。まずは陛下という存在に慣れていただくお時間が必要ですから」

頼んでもいないのに、クラウジウスは非常に協力的だった。当然ながらありがたいの一言に尽きる。

「助かる。礼を言う」

「とんでもない。そのお言葉は陛下とミアさまが無事ご婚礼を迎えた時にお聞かせ願いたく存じます」

第三章　素晴らしき二重生活に祝福を

1

エゼキエル陛下……というかザイオンに褒賞を頂いてから一週間後、わたしは再び皇城の門をくぐる羽目になっていた。

目的は、宮廷薬師への講義のため。わたしが臨床で培《つちか》ってきた薬学知識や技術なんかを、皇城の薬師たちにも共有してほしいと頼まれたのだ。

けれども、それが単なる口実であることはわたしにだってわかっている。

皇城には優れた薬師の先生方が大勢いらっしゃるのだし、彼らは彼らの研究に忙しく、しがない街薬師のわたしの知識なんてどうだっていいはずだ。

にもかかわらずわたしが呼び寄せられた理由。

それは、彼が望んだから。つまりザイオンがわたしを呼んだのだ。

そうでもなければエゼキエル陛下の名で書かれた手紙を、クラウジウスさまが直々にお持ちになるわけがない。

クラウジウスさまと言えば、皇帝の側近の一人だ。優れた頭脳を買われ、相談役として常に陛下に侍ることを許されているお方。

その彼に「反応を持ち帰りたいので今すぐ読み今すぐ返事をせよ」と命じられて「嫌だ」と言えるわけがなかった。

「初めましてミア先生、薬室長のシウバ・カーライルです！　お父上のティルト先生は僕が新人の頃の指導係で、たくさんのことを教わりました。その娘さんとこうしてお会いできて、とても嬉しく思います！」

薬室でわたしを出迎えてくれたのは、快活そうな五十代の薬師だった。白髪の入り交じった茶髪に、キリッとした眉と線のように細い目。

「シウバ先生、初めまして。先生のことは父がよく語っていました。とても好奇心旺盛で、薬の調合も実験も『危険だ』と注意したものから積極的に試していくので肝を冷やしてばかりだったと」

シウバ先生の頬骨のあたりにある、びらん痕もきっとそうだ。その怪我《けが》も好奇心ゆえの勲章なのだと、父が話していたのを覚えている。

わたしがエピソードをいくつか知っていることを告げると、彼は苦笑し面布の上から鼻の頭をポリポリ掻いた。

「ははは、若気の至りを暴かれるのは数年ぶりです。お恥ずかしい限りだ」

「でも、その分知識の吸収も早く、応用力のある素晴らしい薬師だとも言っていましたよ。父はシウバ先生の師であったことを、とても誇りに思っていたようですから」

「……そうですか」

過去を懐かしむ、寂しそうな声だ。

わたしがこの世界にやってきてからの十年間、父が皇城に足を運ぶことはなかった。わたしの身バレ防止のため、細心の注意を払っていたのだ。

シウバ先生のように父を慕っていた人もいただろうに、わたしが聖女だったせいで父に不自由を強いてしまった。今更ながら、どうしようもない罪悪感が胸にざわざわと押し寄せる。

しかしわたしの表情が曇ったのを察してか、シウバ先生がパッと明るく宣言する。

「そろそろ時間だ。ミア先生、お願いします！　あなたはあのティルト先生を父に持ち、女性の身なれど国中に患者を抱える薬師。きっとお互い良い刺激になると思います」

前向きな言葉はいつだって気分がよくなるものだ。わたしはしっかり頷いた。

「はい。わたしもそう願い、やってきましたので」

（葛藤はしたけど、引き受けようと決めたのはわたし。やるからには、中途半端にはしたくないじゃん？）

＊＊＊

講義中、皇城の優れた薬師たちは老いも若きも関係なく皆勉強熱心で、わたしの語ることに想像以上の興味を抱いてくれた。

彼らには、わたしのことを親の七光りだとか運のいい奴《やつ》めと軽んじて、適当に講義を聞き流すこともできただろう。にもかかわらず同業者としてわたしに敬意を払い、質疑応答の際には鋭い指摘で冷や汗をかかせてくれるあたり、本当に優秀な人材が集まっているのだと改めて思い知らされた。

「ミア先生、ありがとうございました。婦人科学はまだ研究者数も論文数も少ない分野ですから、非常に興味深かったです。今回のミア先生の導入で、今後ここの薬室からも専門的に扱う者が現れたらいいのですがね。定期的にこうした機会を設けてほしいくらいです」

講義終了後にかけられたシウバ先生からのありがたすぎる言葉に、わたしは首を振り謙遜する。

「たまたま女性の患者さんを多く相手にしてきただけで、わたしもまだまだ学ぶ立場ですから。講師なんて今回だけでお腹《なか》いっぱいです。でも、こうして共有する場があるのはとてもいいことだと感じました」

「そうですね。意見を交わすことで生まれるものもあるでしょう」

（シウバ先生……いい人。尊敬できる。もっと話してみたいけど、長居すればするだけザイオンと遭遇する危険も高まるし……）

後ろ髪を引かれつつ、わたしは鞄の持ち手を握る。

「それでは時間も押しておりますので、わたしはこれで」

彼らと色々語り合ってみたいが、娼館以外でザイオンとは会いたくない。泣く泣くわたしは話を切り上げることにした。

シウバ先生は怪しむことなく糸目をさらに細くして、わたしに微笑みかけてくれる。

「ええ。ありがとう、ミア先《せん》――」

ところが別れの挨拶の途中で、彼がわたしの背後に目を向けた。釣られるようにして振り返ると――。

「シウバ。ミア殿の講義はどうであった？」

「はい、学びの多い時間となりました！　学問街の薬師や研究員との交流は昔から積極的に行ってきましたが、ミア先生のご専門分野はまだまだ未開拓でしたので」

そうか、と相槌《あいづち》を打ち、陛下の碧い瞳がわたしのことをじっと見つめる。

……やっぱり、見れば見るほどザイオンだった。わたしを見下ろすこの角度、目の色、髪の色。体の厚みも肩幅も、全部わたしの知っているザイオンそのもの。

（はあ、いい男だ……明るいところで見るザイオンもヨシ――じゃなくて！）

ハッとして慌てて頭を下げたのは、彼の背後に控えている男性——セイデンさま——がゴホンと咳払いをしたからだ。

「エゼキエル陛下、本日はこのような貴重な機会を賜り——」

「仰々しい挨拶はよい。それよりもミア殿、少し話せるだろうか？」

「……はい」

わたしに拒むという選択肢はない。断れるものなら講師の依頼があった時点で断っている。

ザイオンはセイデンさまに二人きりにしてくれと告げ、わたしたちだけで庭園を散歩することになった。

わざわざ人払いをするのは、内緒話をしたいからだろう。やはり彼はわたしの正体に気づいている。

その上で、何を話すかといえば……。

(関係の清算と、口止め？)

ザイオンと性行為ができなくなってしまうのは、心の底から残念だ。しかし、わたしがいつ暴露するかと恐れながら今の関係を維持するのは、彼の方も辛かろう。

(や、気づかれたのは確定じゃないよね？　もしも疑っている程度ならしらばっくれてやろう。このままセフレでい続けたいもん、清算なんて冗談じゃない)

この期に及んでわたしはまだ、希望を捨てきれずにいた。ザイオンを知ってはや一年、完全に彼の体に依存してしまっていたのだ。

抑制剤に頼らなくてもいい生活を送れる幸せ。目覚めの良さ、体の軽さ……セフレがいる恩恵をたっぷりと享受して、わたしはどっぷり深みに嵌まっていた。

わたしだって聖女だとバレたら困るけれど、その点は心配していない。この一年間気づかれなかった実績があるので、自分から打ち明けでもしない限り大丈夫だろうと踏んでいた。

皇城の庭園は、誰でも入れる一般公開部分と、限られた者しか入ることが許されない皇帝専用部分に分かれるらしい。ザイオンが案内してくれたのは、後者。

棟と棟の間にある庭園は質素であるものの手入れが行き届いており、短く刈られた芝生と丸く整えられたボックスウッドが特徴的な、静けさ漂う庭だった。

ところどころに設置されている鉄製アーチでは巻きついたクライミングローズがたくさんの白い花を咲かせており、穏やかな美しさに気品を感じた。

芝生の上を歩くたび、サクサクと軽やかな音が響く。

ザイオンはわたしよりも長身で、それ以上に脚が長い。だからわたしとは歩幅も違うだろうに、わたしに気を遣ってかゆっくり歩いてくれている。

「ミア、急遽《きゅうきょ》頼んだにもかかわらず、融通を利かせてくれて感謝する。シウバが言っていた通り、ここの薬師たちにもいい刺激となっただろう」

わたしの呼び名から敬称が省かれた。二人きりだからだろうか。

「身に余るお言葉です。緊張しましたが、とても楽しく過ごさせていただきました」

シウバ先生をはじめとした、優秀な同業者たちと触れ合うことで刺激を受けたのは確かだ。

でも、ザイオンとは会わなくてもよかった。……というか、会いたくなかった。

「ところで、私のことを覚えているか？」

（おっと、もう本題に入るの？）

わたしは警戒を強めながら、澄ました笑顔で淑《しと》やかに頭を下げる。

「もちろんでございますエゼキエル皇帝陛下。褒賞を頂戴したことも、昨日のことのように思い出せます」

「…………」

まずはすっとぼけることにした。

この、無言の間。空気がピリッと引き締まる。

面布を取れと言われたらわたしに拒むことはできないし、素顔を晒《さら》したら即バレ必至。他人の空似で納得させられるほど、この国に日本人顔は存在しないのだ。

（ザイオンは何を考えているんだろう。お願い、「終わりにしよう」とか言わないで。その前に、わたしがミヤコだと気づかないでよ。わたしはただ、今の関係でいたいだけなの……！）

沈黙を破ったのはザイオンだった。

「実は私には一年前から気になっている女性がいる」

「はい」

「その女性には会うたび求婚しているのだが、一向に頷いてくれぬのだ。どれだけ私が愛を告げようと、いつも流されてしまう」

「……はあ」

(その女性って、まさかわたしのこと……なわけないよね？　だって本人じゃん。本人に恋愛相談を仕掛けるとか、ないない)

どこに話の着地点を持っていこうとしているのだろう。頭を過《よ》ぎる『説』はあったが、それを信じてしまうのは自惚れが過ぎるようで気が引けた。

「恐れながら陛下、恋愛相談でございましょうか？　わたしはこれまで長い間、薬師として仕事にばかり情熱を注いでまいりましたので、あいにく色恋沙汰には疎く……」

申し訳なさそうにザイオンの反応を窺うと、バチッと視線が合った。

「その女性に、そなたが瓜二つなのだ。どうすれば私の求婚に応じてくれるのか、そなたならいい助言をくれるかと思ったのだが」

(待て。…………え、本気？)

この男は何を言っているんだろう、というのが、まずわたしの頭に浮かんだ疑問だ。

わたしと本気で結婚しようとしているなら、ずいぶん頭が沸いておられる。だがその前に、わたしが自惚れている可能性もある。

自惚れなのかそうでないのか、確定させる必要があった。だからひとまず質問してみる。

「失礼ですが、お相手の方にはいつ求婚なさったのですか？」

「一年前、初めて会った日からずっとだ。月に一度会う機会があるので、その度に求婚している」

「その女性のご身分は？」

「平民だ」

「か、関係の清算は――」

「考えていない。彼女がいなければ私の暮らしは成り立たない」

（ハイ確定。完璧にわたしじゃん、間違いないじゃん）

照れるどころではなかった。相談のふりで本人に本音をぶつけて反応を探るとは、策士か。

「……陛下は平民の女性を皇妃にしようとなさっているのですか？」

動揺を隠し、わたしは冷静に尋ねた。

「そうだが？　当初は望みが薄かったが、最近新たに重臣たちを納得させる有用な情報を入手したのだ。その女性の母君が貴族の出だとわかったことと、彼女の後見を引き受けたがっている有力者が複数いることも大きい」

（有用な情報……『ミヤコ』の本職が薬師だってこと？　しかも、身辺調査もされてる!?）

エゼキエル皇帝陛下は大変有能な人だと聞いているが、こんなところでその有能さを発揮してくれては困る。

わたしが彼に求めるものは、セフレ関係の継続のみ。妻にしてくれと頼んだことは一度もなく、しかも皇妃にだなんて、全力でお断りしたい案件だ。

わたしは作り笑いをする。

「僭越《せんえつ》ながら、陛下の想《おも》い人に似ている者として意見させていただきます。その女性は、おやめになられた方がよろしいかと。月に一度お会いするだけで満足しているからこそ、求婚を断り続けておられるのだと思いますよ」

ザイオンのことは嫌いじゃない。体の相性は最高で、柔らかな口調も威圧的でないところも男性として素晴らしいと思う。

……けれども、わたしたちはお互いのことを体以外よく知らないし、少なくともわたしの方は深く知ろうとも思っていないのであって。むしろ深入りしてはいけないと思っているくらいだ。

「現状維持では不満なのだ。堂々と、太陽のもとで隣に並んで歩ける関係になりたい」

太陽のもと、という言い方も、モロバレの雰囲気がプンプンする。これまでの逢瀬は夜に限ったものだったし、セフレという関係性も周囲にドン引きされる疾《やま》しさ増し増し。

「ですが、平民として暮らしてきた者にとって、皇妃という椅子はとてつもない重責と重圧を伴うものだと想像します。住む世界が違いすぎるのです。諦めて差し上げるのが優しさというものだと思います」

わたしたちは見つめ合った。お互いがお互いの正体を知った上で、それをハッキリ明かさないまま駆け引きの真似事をしている。

「私は嫌われているのだろうか？」

心なしか、ザイオンの眉尻が下がった。

「いいえ。嫌いなら、もっと早くお会いするのをやめていたと思います。……その女性の話ですけど、おそらくそうだと思います」

しょぼんと落ち込んだ姿がいたたまれず、今のわたしに可能な限りの本心を口にしてしまった。

（嫌いじゃないの。どっちかってーと好きなの。でも、それは主に体の話。わたしは聖女だし、皇妃なんて絶対に無理）

しばらくして、彼がふうっと息を吐いた。

「……参考になった、礼を言う。もうこの話はせぬ」

寂寞《せきばく》を滲《にじ》ませた表情は、彼を抱きしめたいという衝動をわたしの中に引き起こした。耐えるしかないけども。

結婚してもいいと思えるほど、彼はわたしを気に入ってくれた。本当に、わたしの体だけでなく心も欲しているのかもしれない。

本音を言えばわたしを愛してほしい。体だけじゃなく、心も。丸ごと、わたしの全てを。

でも、それがどれだけ難しいことか、わたしは身を以て知っている。期待して裏切られた時、どれだけ傷ついてしまうかも。

そもそも、ザイオンの高すぎる身分を受け止めるだけの覚悟も器量もわたしにはないのだ。

目を伏せる彼の視線を追うようにして、頬に影を落とす長く白いまつ毛を見つめた。

（ザイオン……今のままでわたしは幸せなんだよ。これ以上は望まない。今のままの距離でいいから、とにかくセフレでいさせてよ）

罪悪感に胸が痛み、きゅっと両手を握り合わせる。

ごめんね、と謝りたいが、それを言っては都合が悪い。何も言えず、気まずい時間が流れる。

その気まずさをザイオンが破った。

「もしそなたさえよければ、今日のようにまた講師として薬室を訪ねてはくれぬか。当然、報酬は支払う。そなたの存在はここの薬師たちにとって、よい刺激となるだろうから」

「…………はい？」

ぱっと上がった彼の顔は、元気を取り戻していた。張りのある声は自信に満ち溢れており、その変わりようにわたしの思考が硬直する。

（いや、今そういう雰囲気じゃなかったじゃん。なんで諦めない？　これで終わりなんじゃな

いの？　またここに来いって……困るんだけど）

「ですが陛下、わたしはたかだか薬師歴数年程度の若輩に過ぎません。ここにいらっしゃる薬師歴十年二十年を超える先輩方を前にして、語れることなどあまりにも少なく……」

クラウジウスさまからは、講師を務めるのは一度でいいと伺った。だから引き受けたのに、ザイオンの口ぶりはまるでこれからも継続して関わってほしいと言っているも同然だった。

しどろもどろになりながら断るも、一枚上手なのは彼の方。

「ならば勉強会に参加するといい。ここの薬室では定期的に勉強会を開いている。ミアにとっても役立つことがあろう」

「ええと……あの……」

「学問街での査読を通過した論文は、全て皇城の資料室に保管してある。ここへ来れば自由に読めるぞ。これはそなたにとって喜ばしいことなのでは？」

「な……なん……」

学問街は中央領の東、クライニナ領にある街だ。さまざまな研究施設や学会の本部が集められており、ありとあらゆる分野の超一流の学者たちが日夜研究に明け暮れている。街全体での蔵書量は皇城図書室のそれを軽く上回ると言われ、学問の聖地として憧れない学者はいない。

そこで発表された論文とあれば、魅力を感じない方がおかしい。だけど……。

わたしが歯切れの悪い返答しかできず戸惑っている間にも、ザイオンは顎に手を当てながら勝手に次々決めていく。

「決まりだな、後ほど皇城の通行証を特別にそなたのもとへ届けよう。勉強会の頻度や細かな日程はシウバに確認してくれ。いいな」

「え？　わたし、まだ返事を――」

「そういえば、放り出してきた仕事があったことを思い出した。これにて私は失礼する。ではまた会おう、ミア」

「ええっ⁉」

何一つ判断できていないわたしを置いて、ザイオンは颯爽《さっそう》と去っていった。

強引だし、自信家だし、あと……顔がいい。ニッと笑った彼の顔が、脳裏に焼き付いて離れない。

（いやいやいや……いやいやいやいやいや。関係の清算を望んでいるわけじゃないのは本当にありがたいよ？　でも、皇妃とか言われてもさあ⁉）

わたしはどこから間違ったのだろうか。講師を断ればよかった？　褒賞も固辞すればよかった？　フレイアさまにお会いしなければ？　薬師にならなければ？　いっそ最初から聖女だとカミングアウトしておけば？

何人《なんぴと》たりとも過去に戻ることはできず、振り返っても答えは出ない。

わたしは天を仰ぎ見た。

（この茶番、いつまで続くんだろうか……）

2

皇城の薬室では、十日おきに勉強会を開いているらしい。研究の中間報告や助言、新たに発表された論文の紹介など、相互に情報を交換して研究精度を高めているとのことだ。

その会に部外者のわたしも参加できるのは大変光栄で喜ばしいことなんだけど……。

「本気か？　本当に、今回も茶は飲めぬのか？」

「はい、申し訳ございません。試作中の薬湯の効果をこの身で調べるため、前回に引き続き食事制限中なのです」

ある程度覚悟していたけれど、勉強会が終わる度にどこからともなくザイオンが現れ、わたしはお茶に誘われた。

お茶自体は好きだ。さまざまな薬草やハーブを自宅の温室で育てていることもあり、どんなお茶でも喜んで飲む。

しかし彼が同席するというのであれば話は別。

お茶を飲むには面布を外し素顔を晒さなければならない。そんなことをしたら「ほら～やっぱりミヤコじゃん！」となること必至。すでにバレているのだろうが、ここまで来ればあとは意地の勝負である。

そういうわけで試作中の薬湯云々は嘘だ。

彼の前でさえなければ、好きなように飲み食いする。勉強会のおやつとしてお裾分けしてもらい食べたシュケット——小さく絞ったシュー生地にあられ糖をまぶして焼き上げた菓子——も、カリカリで香ばしく美味しかった。

ガゼボのテーブルの上に茶器一式を用意していたザイオンは、ガックリと肩を落とし虚空に視線を向けている。

「そうか、今回も……。さすがに次に来る頃には食事制限も終わっているだろう？　茶と、菓子類をたっぷり用意して待っているから——」

「いえいえ、とんでもない。最近少し肥えてしまったので、減量せねばと甘い物も控えているのです」

お菓子で釣ろうとしたのだろうが、そうはいかない。二重三重の言い訳を用意しておいてよかった。

ところが彼は目をクワッと見開いて、突如わたしに迫ってきた。

「減量!?　どうして!?　ぼ……っ、わ、私はそのままのそなたで十分だと思うが！」

(ザイオンったら、間違えて『僕』って言いそうになってた……)

「あ、ありがとうございます。しかし、陛下がどうお思いになるかとは別に、わたしにはわたしの理想体型というものがございますので」

「なるほど……そうか」

ザイオンは他人の話に耳を傾けることが上手だ。黙っている時の精悍な顔は畏怖すら感じさせるのに、ひとたび口を開いてしまえば怖さは頼もしさに変わる。

しかも、温厚。誰かが失敗をしても決して責めずフォローに回るし、異なる意見をぶつけられても、受容し逆に教えを乞う柔軟さを持っている。

(だからみんな、陛下を慕うんだろうなあ。こういうところ、本当にいいと思うんだけど……)

ザイオンがテーブルに肘をつき、わたしのことをじっと見つめる。その視線に捕まってしまった。

深夜帯に見るよりも、ずっと明るく澄んだ瞳。それに引き込まれるように、わたしは彼から目が離せなくなった。

見つめ合ったまま、どれだけの時間が流れたのかわからない。先に目を逸らしたら負けてしまう気がして、逸らす口実が己の中で行方不明になっていた。

次の動作に移れたのは、向こうがふっと笑ったから。

「………なんでしょう？」

彼に魅了されたままだったら、そのうち瞼《まぶた》を閉じキスでもねだっていたかもしれない。

ギリギリのところで我に返り、わたしは声を発することができた。

「己の意見を曲げぬところは、ミアのいいところだと思う」

「はあ」

なぜか褒められた。わたしは手元に視線を落とす。

（この人……本当に心臓に悪いなあ。至るところにトラップが仕掛けてあるみたい）

モヤモヤしながらテーブルに並べられた茶器をぼんやりと眺めていたら、ふと、言わなければと考えていたことを思い出す。

「……そういえば陛下、ありがとうございました」

唐突な感謝に彼は首を傾《かし》げている。

「陛下の母君、フレイアさまのことです。ラングミュア家にはお抱えの薬師がいらっしゃるのに、偶然ご病気を見つけたわたしも雇いたいと事あるごとにおっしゃって……ですがここに参ずるようになってから、パタリと音沙汰がなくなりました。陛下が手を回してくださったのでしょう？」

薬師として認められることは純粋に嬉しい。これからも頑張ろう、という前向きな気持ちになれる。個人的に気に入ってくださったこともありがたい。

しかしながら、断っても断ってもうちで働けと乞われるのには、正直なところ手を焼いていた。

「ああ、そのことか。母はこうと決めたら盲信するからな。ミアも迷惑だっただろう」

「いえ、迷惑と言うほどでは……」

迷惑、というのは言いすぎだ。ちょっと迷惑していただけで……まあ、迷惑なことには変わりないか。

わたしが言葉を濁したので、彼は色々悟ったのだろう、片方の口の端を上げた。

「そなたは母の憧れなのだ。女性の身ながら己の道を突き進むそなたの姿が、母には眩《まぶ》しく映るようだ。我が母には誰かの妻、誰かの母という道しかなく、己一人では何者にもなれなかった。それが母を今でも苦しめているのだ」

フレイアさまの気持ちも、わからないことはない。

この世界は男たちによって回っている。重要な席はすべて男が占めており、女たちは彼らの補佐をすることしか許されない。

幸運にもわたしの場合は父の支援があったから薬師になることができたけど、サンセドピアでは珍しい例だ。

実際に『元皇城薬室長の父』というこれ以上ない後ろ盾がいてもなお、「女の薬師なんて」と心無い言葉をかける者はいたのだから。ごく少数だったけど。

「母の暴走は息子の私が謝罪する。だが……できれば、母を嫌いにならないでほしい」

(ザイオンは家族思いなんだね。こんなに優しい表情で庇《かば》ってくれる息子がいて、フレイアさ

まは幸せものだ）

彼を安心させたくて、わたしは明るく振る舞った。

「嫌いではありませんよ。苦手でもありません。フレイアさまのご期待もありがたいと感じます。ただ、世の中には援助を必要としている優秀な若者がたくさんいます。ぜひフレイアさまには彼らが何者かになれるよう、その機会を与えてほしいと思うのです」

わたしが語ると、陛下は目を丸くしてからほうっと息を吐き出した。

「ミアは心まで美しい。思慮深く、いつだってまっすぐで美しい。私とは違う」

「陛下とは違う？　どういう意味ですか？」

わたしよりも彼の方が容姿・能力ともに恵まれているし、むっつりな性癖のことを言っているのなら、わたしだって似たようなものだ。

それなのに、ザイオンときたら説明もせずに無言のままニッと笑ったりするものだから、ますます考えが読めなくなる。

「あ……それではそろそろ帰ります。往診の予定もございますので」

読めないからといって、決して深入りはしない。うっかり深入りしてそこが蟻《あり》地獄だったら大変だし。

「わかった。長時間引き留めるのは悪いからな。居心地をよくせねば、次回からそなたが来てくれなくなるかもしれぬ」

「はは、ご冗談を」

(よくわかっていらっしゃることで……)

わたしが立ち上がるよりも先に、ザイオンが腰を上げた。馬車のところまで案内する、と言って先導してくれる。

引き留めないのはありがたいが、彼の背中を見つめているととても不思議な気持ちになった。

聖職者には近づくな。特に、皇城には足を踏み入れてはならない——という父の教えが間違っていたとは思わない。でも、勝手に彼らを敵視していたのはわたしの落ち度だったのかもしれない。

ザイオンではなく『エゼキエル皇帝陛下』と接する時間が増えるにつれ、わたしは「そこまで警戒する必要はないのかもしれない」と思うに至った。

これまでの聖女がどんな目に遭ったかは、父が幾度も語ってくれたからしっかり頭に入っている。だからザイオンにも聖女だと明かすつもりはない。

彼がわたしを構うのは、わたしが聖女だからではなく、ミヤコだからだ。

だとしても、結婚はしない。セフレで十分。……ほんとに。

揺れてない。正直少し……いや、揺れてない。ザイオンだって、わたしが態度を変えないとわかればそのうち諦めるはずだ。

「また次回、会えるのを楽しみにしている」

馬車に乗り込むのを手伝い、ちゃっかりわたしの手を握りながら彼はそう告げた。

「ありがとうございます」

社交辞令を返しながら、次はどんな理由をつけてお茶の誘いを断ろうか考える。

次の勉強会は十日後。

それまでに断る理由が見つかることを祈りつつ、勉強会よりも先に逢瀬の日がやってくるのを思い出したのは、馬車が皇城を出てからだった。

次回とは……どっち？

3

月に一度やってくる満月の晩。すなわち、逢瀬の夜だ。

わたしは逃げなかった。逃げられるはずもない。

性衝動を落ち着けるのにザイオンとの接触はとても都合がよかったし、逃げたところで相手は皇帝。彼がその気になったなら地の果てでも追ってきてわたしを捕まえてしまうだろう。

当然ながら、未来永劫《えいごう》この関係を維持し続けるのは難しいとわかっている。バレるにしろバレないにしろ、現在独身のザイオンもいずれ妻――わたしではない女性――を迎えるだろうし、いつまでわたしに性的な魅力を感じてくれるかもわからない。

清算するかもしれない。自然消滅するかもしれない。ただし皇妃になることはない。

というわけで、せめて今のうちにザイオンを堪能しておこう、と現状維持を決め込んだのである。

いつも通り、扉をノックする音が三回。「お客様がお見えです」という女将さんの声のあと、馴染みのあるシルエットがわたしの待つ部屋へとやってくる。

「ザイオン。待ってたの、あなたが来るのを――」

寝台から立ち上がり、両手を広げてハグを要求した。ザイオンの長い腕が伸び、わたしの腋《わき》の下に回る。だが、思っていたよりもザイオンの腕は力強く、わたしの足が宙に浮いた。

「えっ!? ザイ――」

腰を抱かれ持ち上げられ、唇と唇がぶつかった。すぐに舌が口内へと侵入し、その温かさにキュンとなる。

「待……ザ、……っん」

喋ることを許さない猛攻。いつだって激しい人だったが、ここまでなのは初めてだ。

しかもわたしは抱き上げられたまま。

この状態ではいくらなんでも疲れやしないか。体格差はあるものの、わたしにも人間一人分の体重はあるのだし。

薄いローブの布ごしに伝わる体温は熱い。濃厚なキスですっかり頭も茹《ゆ》だった頃、ザイオンはわたしを寝台へと下ろしてくれた。

「ザイオン、どうしたの？　今日はなんだか……余裕がなさそう」

「ダメですか？」

今にも食らいつきそうな勢いでわたしをじっと見つめるのは、皇帝陛下とまったく同じ端整な顔。

ザイオンはエゼキエル陛下で、エゼキエル陛下はザイオン。もう、疑うのもばからしい。

この一ヶ月、実に濃かった。わたしと彼は月に一度しか会わない契約をしていたはずなのに、今月はすでに四回も会っている。

でも、敬語のザイオンと会うのはまるまる一ヶ月ぶりとなる。懐かしいやらくすぐったいやら……ムズムズして言葉にならない。

「ミヤコのことが愛しくてたまらないのです。欲しいままに求めてはだめですか？」

わたしは即座に首を振った。

「ダメじゃない。……もっと激しくてもいい、かも」

多重人格なんかじゃないはずなのに、『ミヤコ』としてザイオンに接する時のわたしは極度に理性が低下する。絶倫のザイオンと対等にやりあえるほどに絶倫化してしまうのだ。

実際、数分のキスだけでわたしの全身は火照《ほて》り、体の中心も潤っていた。

いつもの二倍速で上半身裸になったザイオンが、わたしに覆いかぶさった。女性に比べ凹凸の少ない男性の体はゴツゴツしているかと思いきや、彼の体は筋肉のおかげでとても肌触りがいい。

おまけに、熱い。この熱さがわたしの心も炙《あぶ》っていく。

「ミヤコ……よかった、全然変わっていませんね。心配することなんてなかった」

脇腹や太ももや二の腕を弄りながら、ザイオンが安堵の息を吐き出した。

「……なんのこと？」

「いいえ、なんでも。この柔らかさがたまらないのです。愛しています、ミヤコの全てを。あなたこそが僕の理想だ」

話をはぐらかされたとは思ったものの、首筋に口づけを落とされて追及することが叶わなくなった。口づけというか……吸われているので正確にはキスマークだ。

ザイオンはわたしにキスマークをつけることを好む。月に一度しか会えず、いくら求婚しても決して応じることのないわたしに対し、キスマークをつけることで独占欲を満たそうとしているのかもしれない。

「あぁ、ずっとあなたとこうしていたい……四六時中くっついていたいです」

わたしとしても、ザイオンと触れ合っている時間が最も安らげるひとときだ。

抱きしめられると己の存在を肯定されているような充足感が広がって、地に足をつけてどこまでも歩いていけそうな気がした。キスをすればキスが返ってきて、手を握れば同じく握り返される。

温かさに心が凪《な》いで、同時に猛烈に興奮した。

「ミヤコ、僕と結婚しましょう」

キスマークが五つか六つ刻まれた頃だった。ザイオンの口から結婚の言葉が飛び出した。

しかし残念、その手はすでに封じてある。

両手で彼の頬を包み、唇を突き出すようにしてキスをする。

「いつも言っているでしょう、閨での言葉は真に受けない主義なの」

月明かりが彼の輪郭を照らしていた。昼間よりも顔には翳《かげ》りが見えるのに『皇帝』の重責を皇城に置いてきているせいか、どこにでもいる若者のような無邪気さがまた新鮮でヨシ。

「なんと……。僕がどれだけ求めても、ミヤコは意見を曲げない。そういうところも最高ですが……こればっかりは早く折れていただきたいっ！」

あ～っと呻《うめ》き、わたしの首筋に顔を埋めた。

「ミヤコ……好きです。あなたのことを愛しているんです。本当に、心から、心の底からっ!!」

再びあ～っと身悶《みもだ》えをして、わたしを抱きしめ頭をぐしゃぐしゃに撫でる。まるで小動物でもかわいがっているかのように。

「ふふ、わかった。わかったから。ありがとう」

愛してるって、どっちだろうか。体を愛している。心を愛している。ザイオンの言う『愛』はどっち。

もう誤解はしたくない。だから適当に受け流してしまおう、とわたしは頭を切り替える。

「今日はザイオンにめちゃくちゃに抱いてほしい。後ろからたくさん突いてほしい。もっと好きって言って。もっとわたしを求めて」

「僕もちょうど、そうしたいと思っていたところでした。ミヤコ、御覚悟を」

ザイオンの引き締まった背筋に触れる。まだサラサラで、ちっとも汗をかいていない。

この肌が汗でベタベタになった頃、わたしは彼にどう食べられているのだろうか。

金色の髪がわたしの額にかかった。柔らかな髪を手櫛《てぐし》で除《よ》け、彼の顔をまじまじと眺める。

(ああ、いいなあ)

月に一度のお楽しみ会。面倒なことは一日忘れ、わたしは今日この時をとにかく楽しむことにした。

まぐわいは翌日未明まで続いた。いつものことと言えばその通り。

陽《ひ》が昇ったら皇城へ行き、勉強会に参加しなくてはならない。それがわかっていながらも、余力を残しておくという器用な真似がザイオン相手にできるわけもなく。

ただ、毎度ザイオンと繋がったあとは、スッキリと覚醒するのが常だった。

体の中の瘴気が一掃されるのか、とても清々しい気持ちで、まるでたっぷり睡眠を取った時のように体が軽くなった。

別れを惜しむようにキスを交わしながらザイオンに服を着せた。指を絡ませたり、優しく抱擁したりしながら、本物の恋人同士のように扉の入り口まで見送る。

「ミヤコ、素晴らしい夜でした」

「わたしの方こそ。本当はまだ離れたくないけど……でも、我儘は言わない」

ザイオンの胸に頭を預けると、逞しい大胸筋が優しく受け止めてくれた。この弾力が名残惜しい。いっそまた抱きしめて、このまま寝台に戻りたいくらいに。

「結婚を了承してくだされば、離れることなく僕たちは――」

顔を上げ、無駄口を叩く彼の唇に指を当てて黙らせる。

「ザイオン。しつこいって言われたい？　それでわたしに嫌われたい？」

昨夜きちんと断ったはずだ。昨夜に限らず、いつも断っているんだけど。

眉間に皺を寄せ、上目遣いに見つめると、ザイオンがわたしを見下ろしてニッと不遜《ふそん》な笑みを作った。

「しつこくされるのがお好きなくせに、何をおっしゃるやら」

確かにそれは図星である。わたしが言う『ダメ』の意味は『やめて』ではなく『最高』だし、執着を見せられると胸がトゥンクしてしまう。

「もう、ザイオン……よくわかってるじゃない」

わたしもニッとしたたかに笑い、扉の前でキスを交わす。

「実は昨日は部下に叱られてしまって、少し気分が沈んでいたのです。でも、ミヤコが全て癒してくれた。ありがとう」

皇帝を叱れる部下、と聞いて真っ先に頭に浮かんだのはクラウジウスさまだ。あの鋭い眼差《まなざ》しと頭脳に理詰めで詰め寄られたら、誰だってヒヤヒヤするに違いない。

「あなたを癒すのがわたしの使命だもん。いつでも言って、包んであげるから」

両腕を広げたら、躊躇《ちゅうちょ》なくザイオンがわたしの腕の中にやってきた。『包んであげる』と言ったのはわたしの方なのに、体格差のせいでどうしてもザイオンにわたしが包まれている状態になるのはちょっと不恰好《ぶかっこう》なのだけど。

今日は勉強会がある。

帰宅して、着替えと温室の世話を済ませたら、わたしは再び皇城へ向かう。そして何食わぬ顔をして、薬師ミア・ベネトナシュとして振る舞うのだ。

……この二重生活、果たしていつまで続けることができるのやら。

第四章　あれもこれもそれも全部いっちゃえ

1

サンセドピア聖国において、エクシラ教の教えは絶対だ。国民は質素な生活を心がけねばならないし、服装にも顔と手以外の肌を見せてはならないという規律があり、守らねば異端者、非国民と見なされる。

だけどそのおかげでわたしの全身に施されたキスマークが自然に隠せているのだから、堅苦しくて面倒な宗教にも感謝をすべきなのかもしれない。

昨夜のザイオンもすごかった。キス魔。聖職者なのに、キスの悪魔。

自宅に戻り、鏡の前でまともに裸を見た時には、ギョッとして息が止まるくらいには驚いた。

胸に、二の腕に、首に、内腿《うちもも》に。皮膚の柔らかい部分全てにザイオンの唇の痕跡があった。

耳のすぐ下のものは襟スレスレで危ういが、幸い面布もあることだし、一つくらいなら見えたとしてもなんとか誤魔化せるだろう。

皇城へ向かう馬車の中、手鏡を取り出し身だしなみの最終確認をしたところで、わたしは気合いを入れ直す。

「ヨシ、大丈夫。せっかくの機会なんだし、勉強頑張ってこなきゃね！」

——などと、期待に胸を膨らませていたのだが……。

「あれ、ミア先生こんにちは。今日は半期に一度の在庫確認の日なので、勉強会は中止でしたが……連絡が届いていませんか？」

会議室へ続く廊下で、薬室勤めの助手の青年がわたしに声をかけてくれた。

勉強会は、ない。その連絡をもらっても、ない。

連絡漏れか、それとも——。

「おや、伝えていなかったか？　それはすまなかった、お詫びに私が相手しよう」

「ヒャ⁉」

すぐ背後から色気交じりの声がしたので、心臓が飛び出るところだった。

「ははは、そのように驚かずともよい」

眉間に皺を寄せるわたしを前に、爽やかに笑う男。他の誰でもない、エゼキエル皇帝陛下である。

昨夜は完徹だったというのに、目の下にクマをつくるどころか肌艶は完璧。ついでにすこぶる上機嫌。

(なんでザイオンが聖女並みに超絶スッキリしてんのよ)

「……もしや、陛下が何か手をお回しになったのですか？」

勉強会がないことをもしも知っていたならば、当然ながら皇城には足を運ばなかった。ザイオンは何かにつけわたしとの時間を作りたがるから、今回のことも彼が仕組んだのではないか、と邪推してしまった。

「なんのことだ？　私に話があるのなら聞こう。これも上に立つ者の務めだ」

「え？　あ、ちょ――」

――のだけど、わたしの疑惑すら利用し、ザイオンはわたしを強引に引っ張っていった。

連行先はとある個室。丸テーブルの上には前回と同じく茶器と菓子類がどっさり置かれ、掃き出し窓の向こうにはだだっ広い庭が広がっていた。

「ミア、座ってくれ。そなたが来てくれるのを楽しみに待っていたのだ」

茶を飲め、菓子を食えということは、この場で面布を取れということ。

つまり、この男は何がなんでもわたしの素顔を見たくてたまらないのだ。

その執念深さには呆《あき》れるし、苛立《いらだ》つし、少しだけ失望もする。わたしの詮索はもうしないと言ったくせに、なんとしてでも素顔を暴こうとする二重基準《ダブスタ》なところに、わたしはため息を吐く。

「……陛下。あいにく口内炎が──」

「いい」

辟易《へきえき》しながら見えすいた嘘をつこうとしたら、短い言葉で止められた。

「茶も菓子も、ミアがいらぬなら手をつける必要はない。……どうすればそなたが喜んでくれるか、愚かな私は知らぬのだ」

（うぐっ、キュンとしちゃう……。やめてよ、そんな切なそうな顔……）

ぽつりと呟かれた言葉に、チョロいわたしの胸が痛んだ。

彼はわたしを喜ばせようとしただけ。わたしの無駄な警戒心が、彼の善意を曲解してしまったのだ。

「そなたと話がしたいだけだ。もう少し、ここにいてはくれぬか」

ザイオンがちらりとわたしを窺う。身分的には圧倒的に彼の方が上なのに、それをいいことに高圧的に振る舞ったりしない。判断をわたしに任せてくれる。

「少しだけ、なら」

その気になればわたしのことなどいかようにもできるだろうに、彼はそうしない。ザイオンとエゼキエル陛下、立場も言葉遣いも違えど、その本質は同じなのだ。同一人物だし。

椅子に座るも手持ち無沙汰だったので、仕方がないからお茶を頂くことにした。

といっても、わたしは飲まない。ザイオンが飲むと言ったので、頂くのは彼でわたしはその用意をするだけ。

ティーコゼーを取ると陶器製のティーポットが現れ、中にはいい塩梅の紅茶が出来上がっていた。一客分のティーカップに注ぎザイオンの前に置くと、彼はほのかに頬を染め、嬉しそうに口をつける。

「ミアが淹れてくれた初めての茶か。……とても美味だ」

「淹れていません。用意されたものをお出ししただけです」

「それだけでも十分だ」

頬が緩むのを唇を噛んで押し隠そうとしているのだろうが、隠せていない。控えめにわたしを窺おうとする視線と目が合い、なぜだか無性にかわいく思えて噴き出してしまった。

「あの、陛下。いつもわたしのためにお時間を割いてくださいますが、大丈夫ですか？　ご政務は滞っていませんか？　ただでさえお忙しいのに、わたしにお構いくださることで余計にお忙しくなっていないか心配しているのですが」

（わたしを気にかけてくれるのはありがたい。でもわたしは、月に一度、一晩だけ、あなたと時間を共有できれば他には何も望まないんだよ……）

ずっと気になっていたことだが、彼はゆったり構えたまま、わたしを見据え首を振る。

「心配は無用。勉強会へ誘ったのも私、ここへ連れてきたのも私。そなたとの時間を設けたくてこうして呼び寄せているというのに、どうして放っておくことができる？」

「……それ、勉強会がないことを知らせなかったのはわざとだ、とおっしゃっているように聞こえますけど」

一度はぐらかした答えを、ここで漏らしてしまうとは。誘導尋問に釣られるタイプか、それとも気にしないタイプか。

わたしが指摘をしてもなお、彼は笑顔を崩さない。

「どう取られても構わない」

後者だった。自信満々な笑顔を見せつけられたわたしは、心臓の高鳴りを覚える。

(ぐぅ……か、顔がいい……！　ついでに声も腹の奥に響くっ！)

相手は皇帝で、わたしはただの薬師。聖女だとバレたくないただの薬師だ。

律せよ。自分をしっかり持て——と、心の中でしつこく唱える。

「たとえ決済待ちの書類があろうが、ミアのこと以上に優先すべき仕事などない。もしもそなたが私を呼んだなら、仕事を放り出してでも速やかに駆けつけよう」

だというのに、この人は。わたしの葛藤など知らず、好き勝手にわたしに止《とど》めを刺そうとするのだ。

(でも、わたしには皇妃なんて無理なんだってば。この我慢比べ、いつになったら終わりが来るの？)

「お戯れはおやめください。ダメです、仕事を優先してください！　でないとまたクラウジウスさまに叱られてしまいますよ？」

ため息交じりに小言を吐いたら、ザイオンの目がギラリと光った。口の端をゆっくり上げて、わたしにニタリと笑いかける。

「また叱られる？　クラウジウスから叱られた話は、ミヤコにしか話していないのだが？」

あっ……と思った時には遅かった。

部下に叱られた話。それは確かに昨夜聞いた。

ただし、あの時の自分は『ミヤコ』であり、『ミア』が知っていてはいけない話だったのだ。

「──わたしはミヤコという名ではありません。それに、そんな気がしただけです。クラウジウスさまが唯一陛下を窘《たしな》めることのできるお方だと伺ったことがあったので」

(やっちゃった。まじか、やばい。墓穴掘っちゃった……。どうしよ、ザイオンはどう出る？　ここから挽回《ばんかい》する方法ってある？　どう振る舞えば誤魔化せる!?)

「あの。勉強会がないのなら、この辺で下がらせていただきます」

動揺を必死で抑え無表情で立ち上がり、わたしはザイオンに背を向けた。

「帰るのなら、馬車まで送ろう」

「結構です」

指先はあっという間に氷のように冷えた。ドアノブを握ろうとした手が震えていて、上手く力が入れられない。……パニックだ。

ふと、正面の扉に自分の体が作るよりも大きな影が差していることに気づく。

「ここ、赤くなっているがどうした？」

頭上から、ザイオンがわたしに囁いた。わたしが一人慌てている間に距離を詰められていたみたいだ。

優しく甘く、色っぽく、体の芯に届く声。

昨夜の情事が脳裏に過《よ》ぎり、体がぼっと熱くなった。耳の下あたりの首筋には、隠しきれなかったキスマーク。咄嗟《とっさ》にわたしは手で覆った。

……が、またもや墓穴を掘ったかもしれない。

ザイオンは「ここ」と言っただけで、具体的な場所については一切言及していないのだ。自分の後ろ姿なんて、合わせ鏡でもしなければ見えない。にもかかわらずどこが赤いか正確に把握しているわたしは、それだけで『そこに何があるか知っている』ことを示唆しているようで……。

「虫に刺されたのか？　それとも──昨夜、僕がつけた痕？」

頭の上から降ってくる声はまるで天啓のようにさえ思える。「諦めろ、お前はもうバレている」と神がわたしに投降を促しているような……。

扉と彼の体に挟まれたわたしは、身動きが取れなくなっていた。なんとかして誤魔化さなければ、わたしの逃げ道は失われたままだ。

「ご冗談はおやめください。離れてくださいませ。このままでは帰れません」

「もしも私が帰るなと言ったらどうする？」

心臓が暴れ出した。

「へ、陛下、わたしは――」

とにかく何か喋らなければ。そう思って口を動かしたが、頭の中は真っ白。

その代わり、再び頭上から声が降る。

「僕の名は、エゼキエル・ザイオン・ラングミュア。『ザイオン』とは、僕の帰天後に用いられる予定の洗礼名です。今この名を知っているのは、僕に洗礼を与えてくれた司祭と、あなただけ」

ザイオンが「私」ではなく「僕」と言った。わたしに丁寧語を使った。

（これが潮時ってやつか……）

もうこれ以上黙ってはいられない。わたしから明かす気はなかったけれど、彼が先に明かしたのなら……。

手を上げて、うなじに垂れる面布の紐を引っ張った。頬の上に張られていた布が緩み、ひらりと落ちる前に掴んだ。そしてわたしは体を反転させる。

「ああ……やっぱり。ミヤコ」

陛下の眉尻が下がり、碧い宝石のような瞳がキラキラと輝きを帯び始めた。

諦めと不安と緊張が入り交じり体を強ばらせるわたしを、ザイオンの腕が包み込む。

「本当に、本っ当にあなたは強情な人だ。ここまでお互いを認知していて、どうして頑《かたく》なに隠し通そうとするのですか！」

優しい言葉遣いが涙腺を緩ませる。そのせいなのかわたしは彼を突き離せない。

「当たり前でしょ、だってセフレだよ？　ザイオンなんか特に国民に禁欲せよと説く聖職者の筆頭で……だから……っ」

バレちゃった。バラしちゃった。もう、元の関係には戻れない。

そう思ったら、鼻の奥がツンと痛んだ。

「……ミヤコ？」

「違う、わたしはミア。ミヤコは……偽名」

かつては本名だったけれど、今では『ミア』が本名なのだ。

ザイオンは抱擁を緩め、わたしの顔を覗《のぞ》き込んだ。

目が合った。オロオロと視点を彷徨《さまよ》わせ心配そうにする彼に、もはや『皇帝』っぽさはない。

幾度となく情を交わしたザイオンだ。

「ではミア、どうして泣いているんです？」

頬に流れる涙を拭い、唇を噛むが堪《こら》えられない。口角が勝手に下がっていく。

「ザイオン……お願い。わたし、あなたのセフレをやめたくない」

「……は、はい」

なぜかちょっと引き気味のザイオンに詰め寄る。

「お願い、絶対に誰にもバラさないから。せめてザイオンがわたしの体に飽きるまで、まだセフレでいさせてよ！」

ザイオンとのセックスは、本当にめちゃくちゃ気持ちがいい。前世で引き裂かれた己の半身かと思えるほど相性ピッタリで、お互いの欲求が完璧に噛み合うのだ。

愛していると囁かれれば気分がグンと上がってしまうし、何より体が軽くなる。

心の洗濯。リフレッシュ。癒し。解毒。

彼なしの生活に戻ることが、わたしはもはや恐怖だった。

ところが、涙ながらの懇願をしたのに、どうにもこうにも手応えがない。

「う〜ん……」

引き攣《つ》った笑みを浮かべながら、ザイオンは腕組みをして首を傾げている。

「その……ミア？　セフレといいますか、もっとですね、だから……結婚、しません？」

「しません」

わたしは即答した。

そうじゃない。結婚してほしいわけじゃない。

「セフレがいいと？　月に一度、会って体を交えるだけのセフレが」

「そうそう！　そういうこと」

わざわざ確かめるということは、わたしの求めが正確に伝わった証拠だ。そう期待したにもかかわらず、ザイオンはなぜか不満そう。

「僕はそれでは足りないのですが」

足りないということはつまり、回数に不満を抱いているのか。だから結婚を持ち出すのか。仕方なくわたしは折衷案を提案する。

「頻度を上げたいなら上げてもいい。月に二回とか……三回？　あなたが夜な夜な皇城を抜け出しても怪しまれない程度に抑えなくちゃいけないから、多すぎるのもよくないし――」

「いいえ」

しかしキッパリと断られてしまった。

ザイオンの大きな手のひらが、わたしの頬を包み込んだ。優しく涙を拭き取って、それから手と手をささやかに繋ぐ。

「ミア。僕があなたに求婚し続けているのは、あなたを愛しているからです。体の相性もさることながら、あなたの優しさに心惹かれているのです。だから、体だけでなく心も、僕はあなたの全てが欲しい」

（……信じない。優しさに惹かれたとか心も欲しいとか、そんなこと誰だって言える。わたしは聖女でザイオンは聖職者。信じていいことなんてない）

わたしは苛立ち首を振った。

「わたしはザイオンの体だけでいい。ましてや、皇妃の座を欲しがるなんて絶対に絶対にしないから！」

体、心、妻の座。三つも欲しいなんて言わない。この中のたった一つ、体だけでいい。

わたしの欲しいものを全て与えてくれる人なんていない。そもそも聖女ということを隠さねばならない時点で、愛なんて望んではいけないのだ。だからせめて、体だけ。

ザイオンに触れることが許されれば、わたしは聖女の苦しみから解放される。

（分不相応なものは決して望んだりしないから、どうか……！）

わたしは半ばヤケクソ状態で彼に熱く訴えた。

でも、どうしてか、ザイオンの表情はますます沈んでいくばかり。

とりあえず、皇妃云々は置いておきましょう——そんな枕詞を付け加えながらも、結局ザイオンの話はわたしとは論点がずれていた。

「ミア……僕は体以外にそんなに魅力のない男でしょうか？」

「そんなわけない！　ザイオンはとっても素敵。いつもそう思ってる。病みそうなほど誠実なところも、決して乱暴しないところも、イヤなことがあっても自分で完結させようとするところも。ザイオンほど魅力のある人にわたしは出会ったことがない」

娼館通いが趣味なことはどうかと思うけれども、体を求めるわたしにとっては性欲の強さはもはや長所だ。

「……わかりました。ミアはとんでもなく強情で、とんでもなく謙虚なのですね。僕のことを嫌ってはいないが、僕の妻にはふさわしくないと自分で勝手に線引きをしている。つまり、その線引きをどうにかしなければミアは頷いてくれないと」

「いや、だからね？」

全然話が通じない。

でも、そう思っているのはわたしだけでなく、双方で一方通行なことを感じているのかもしれない。

ザイオンは首を振り、わたしの否定を拒んだ。

「ミア以上に欲しいと思った女性はいません。あなたとの出会いは、僕は必然で運命だったと思っています。僕の全てを満たしてくれる女性は、あなたしか……──」

ところが不自然に台詞が止まった。ザイオンの表情は険しくなり、わたしの手を引き扉から距離を取ろうとする。

「あの……？」

何をしようとしているのか。ただならぬ雰囲気に戸惑っていると、廊下を駆けてくる足音が聞こえ、勢いよく扉が叩かれた。

「皇帝陛下！　観測室から、ツャイゼル領に魔獣が現れたとの報告が届きました！」

一人の兵士が入室し、わたしとザイオンが立っている目の前で膝をついた。

「話せ」

「は。ツャイゼル領に大規模な魔獣の群れが現れたとのこと。近くの集落を襲いながら国境へ向かっているようです。今のところ結界は機能しており外部からの魔獣の侵入は防げていますが、時間の問題との見方が有力」

(えっ、魔獣が⁉　ツャイゼルには行ったことがなかったけど……もしかしてそれが原因？　聖女のわたしが近づかなかったから、瘴気が濃くなって、それで？)

エゼキエル皇帝陛下が即位してから十数年、彼の張った国土全体を覆う結界が破られたことは一度もない。現れる魔獣の数も減り続け、中央領に限ってはここ一年で一度も現れなかった。

結界が破られていないのは、ザイオンの神力のおかげだ。しかし実はそれ以外は、わたしのおかげ。

わたしが瘴気を吸収する聖女だから、わたしが行く先々では瘴気が減り魔獣も出現頻度が著しく下がっているだけのこと。

中央領郊外に住むわたしの往診先はラングミュア領、ミマール領、キヴィヤスキ領の三つ。これらの領では魔獣の出現率が年々下がっている一方で、それ以外の地では相変わらずの状況だった。

（もっと全国津々浦々、足を伸ばせばよかった？　でも、わたしの時間も労力も限られているし……）

いつの間にかクラウジウスさまとセイデンさまも駆けつけて、ザイオンに向かって敬礼をする。

「陛下、準備は整えてあります」

「すぐに発《た》つ。セイデンは私と来い。クラウジウスには留守を任せる。救援の薬師を可能な限り派遣するようシウバに掛け合ってくれ」

「承知しました。近隣の領主へは結界の確認強化とツァイゼルへの派兵について伝令を走らせておきます」

「頼む」

目の前で繰り広げられるやり取りを聞きながら、わたしは自分がいかに場違いな存在か、身に染みて感じていた。魔獣と聞いただけで硬直してしまったし、まず、何の裁量も権限もないのだ。

（魔獣が現れる前ならなんとかやりようもあるけど、魔獣を倒すことなんてわたしにはとてもできないし――）

不意にザイオンがわたしを見た。

「ミア、話の続きはまた後日。急ぎ外出する用ができた」

「わたしも行きます！」

いかに己が非力かわかっていながらも、咄嗟に言葉が飛び出た。自分でも驚いたけれど、そ

れがわたしの本心ということなんだろう。

（魔獣が湧くくらいだ、きっと瘴気は濃いはず。でも、わたしは薬師で、助けを待っている怪我人も大勢いるかもしれない）

後悔はなかった。薬師として正しい考えだとも思う。

ところが、ザイオンはいい顔をしない。

「……気持ちはありがたいが、被害状況がわからぬ。瘴気がどれだけ濃いか、いつ収束するかもわからぬところへそなたを連れていくわけにはいかぬ」

「薬師を派遣なさるのなら、わたしもともに向かいます。手は多い方がいいでしょうから」

瘴気、と言われて怯《ひる》みかけたが踏ん張った。

「だがミア……危険な仕事だ。宮廷薬師ではないそなたに従軍の義務はない」

陛下の言うことはもっともだし、隠れ聖女のわたしには瘴気のせいで辛い現場となることも予想がついた。わたしがここで退いたとしても、咎《とが》める者はいないことも。

しかしわたしにだって薬師としての矜持があるのだ。

「現地や近隣の薬師にも動員をかけられるのでしょう？　わたしもその一人として怪我人の救助に向かいます」

（現れてしまった魔獣を倒す術《すべ》は持たないけど、薬師として怪我人の処置はできる。聖女として、これ以上魔獣が増えないように瘴気を吸収することも。これはわたしにしかできない）

二人きりでいた時とは、ザイオンの顔つきが異なった。同一人物のはずなのに、ザイオンではなくエゼキエル陛下がそこにいた。

きりっと上がった眉には厳しさが滲み、口元にも力が入っている。まるで別人を前にしているような威圧感に、どうしても緊張してしまう。

でも、わたしは彼から目を逸らさなかった。薬師としての覚悟を問われているような気がして、絶対に逸らしてはいけないと思ったから。

「……わかった」

しばらく睨《にら》み合いが続き、先に折れたのは向こう。ため息交じりにそう言うと、あっという間に距離を詰め、わたしをぎゅっと抱きしめた。

「危険な行動はせぬように。必ず、他の薬師とともに動け。……いいな？」

「はい」

周囲に人がいる状況で、なんてことをしてくれたんだ――などと暴れる余裕はなく、神妙に言葉を受け取った。

ザイオンはすぐにわたしから離れ、マントを翻《ひるがえ》し足早に部屋を出ていった。クラウジウスさまが続くが、去り際にわたしに一瞥をくれる。

「ミアさまも、くれぐれもお気をつけて」

「……はい」

一瞬だけ、口の端が上がったように見えたのは気のせいか。とはいえ今はそんなことを考えている場合ではなく、わたしも薬室へと急いだ。

2

講師を引き受けたり勉強会に参加したりするなどして交流を重ねていたおかげだろうか。宮廷薬師たちに交じって従軍することになったわたしを、彼らは快く迎えてくれた。

単騎で駆けていったザイオンたちに比べたら遅れを取ったことにはなるものの、すぐに馬車に乗り込んだわたしたちもその日の夜には現地に着いた。

「……ミア先生？　大丈夫？　さすがに長時間の移動ともなると疲れが出たかな」

「いえ、問題ありませんシウバ先生。馬車に少し酔っただけです」

目的地が近づくにつれ、聖女のわたしには瘴気が濃くなっていくのがよくわかった。しかし面布に瘴気を阻む力はなく、息をするたび為す術《すべ》もなく体に取り込むしかなかった。

そのせいで体がめちゃ重《おも》だったが、聖女だと悟られないようにわたしは嘘で誤魔化した。

すでに日が暮れていたため、被害の全容は掴めない。シウバ先生が現地の兵士から仕入れた情報によると、ツァイゼル軍や先に向かった陛下らのおかげか、すでにあらかたの魔獣は掃討されているようだ。

ただ、夜を徹しての救助作業は続けられており、至るところでランプや松明《たいまつ》の明かりが慌ただしげに揺れていた。

「あなた方も薬師団ですか？　この先の広場に対応本部を設けていますので、まずはそちらへ。重傷者から優先的に診《み》てもらっていますが……なにぶん怪我人が多くて」

埃《ほこり》にまみれた軍服の男性が、シウバ先生に声をかけた。

「君のその怪我は？　もう診てもらったのかい？」

「いえ、まだですが自分よりも酷い怪我人が大勢いますから」

明かりとなるのは手にある松明のみ。服も暗い色をしていたのでひと目では気づけなかったが、よく見れば彼も二の腕に怪我を負っていた。

本人は大丈夫と強がるが、わたしの目にはそうは映らない。

「……もしかして、魔獣に？」

「ええ、よくおわかりで。皇帝陛下直々に助けていただいたので、この程度の怪我で済みました」

彼の腕には瘴気が濃く纏わりついていた。煙のような細かい粒子が傷に群がり、本来の腕の形を隠している。

魔獣の怪我で命を落とす者は二通りと言われている。怪我が致命傷となる場合と、傷口から瘴気が入り肉を腐らせてしまう場合だ。

(瘴気が強すぎる。普通に治療したのでは、きっとこの人は助からない。だったら——)

わたしは意を決し、彼の腕へと手を伸ばした。すると、患部を覆っていた瘴気がわたしの手に吸着するように吸い込まれて消えていった。

ただでさえ瘴気を体に取り込んでしまう体質なのに、自らこんなことをしていたら、すぐに限界がくるだろう。それがわかっていながらも、放っておくことはできなかった。

「……折れてはいないようですね」

「はい。痛みはありますが、動きます!」

彼は疲れているはずなのに、腕を回して元気だとアピールしてくれる。わたしはふっと息を吐き、不安を煽らないように穏やかな口調を心がける。

「よかった。でも、あとで必ず薬師の治療を受けてくださいね」

先ほど彼は、自分よりももっと重傷者がいると言っていた。それも、大勢。

(怖気付《おじけづ》くんじゃない、わたし。自分で来たくて来たんでしょう?　……助けなきゃ。ちょっとの我慢くらい、彼らに比べたらなんでもない!)

瘴気の膜は濃霧並。目を凝らさねば数メートル先も見えないくらいだ。

しかしここに来たことを、わたしは後悔したくない。わたしが放っておいたなら、集まった瘴気が次々に魔獣となっただろう。

「ヨシ、やろう。とりあえず……やらなきゃ」

怪我人の治療と瘴気の除去。後者は極秘任務だが、わたしは気合いを入れ、長丁場を覚悟した。

＊　＊　＊

わたしたちは増援の薬師として一度広場に集まってから、それぞれに役割を与えられ現地の兵士に連れられる形で持ち場へと散った。

シウバ先生ほか数名は広場にて指揮系統にも関与し、その他大勢とそれに含まれるわたしは、まさに救助が行われている現場での応急処置に加わる。

「ここだ、声が聞こえるぞ！　明かりと、誰か手を貸してくれっ！」

周囲の建物は倒壊し、集落一つがまるまる瓦礫《がれき》の山と化していた。板や煉瓦《れんが》を運び出す兵士と、生存者を探す兵士。

血だらけで助け出され、命を繋ぐ者、帰天する者。

到着してからというものずっと、わたしは似たような光景を延々と見続けていた。

でも、助け出される人は皆個々の人生を背負った人。それぞれに帰る家があり、家族や大切な人がいる。誰一人として軽んじることは決して許されないのである。

「上げる用意、あーげっ！」

また一人、怪我人が瓦礫の下から助け出されようとしていた。おそらく、作業開始から六～七時間は経っている。到着時点では真っ暗だった空も、夜明けが近づいているのだろう、かすかな明かりがうっすらと世界の輪郭を描き始めていた。

ただしわたしの目に映る世界はいまだぼんやりとしていて、陽が昇ってもこれが解消される保証はない。

わたしには、人に見えない瘴気が見える。それが大気中に漂っているせいでわたしの視界はとても悪く、体の状態も悪かった。

悪いというか、感度に限って言えば『ヨシ』。動悸《どうき》がして全身熱く、真面目に仕事をしているだけなのに下着は湿り気を帯びていくばかり。

要するに、おびただしい瘴気のせいでわたしは猛烈に発情していたのだ。

「お兄さん、もう大丈夫ですよ！　傷も大したことないみたい。ここでちょっとだけ手当てしますから、その後診療所に行きましょうね」

出血や骨折を簡単に調べつつ家族の有無などを聞き出して、担架に乗せたらまた次へ。

わたしは怪我人ではない。病人でもない。

それなのに、まるで高熱が出た時のように、呼吸が苦しくて肩で息をしていた。何度も眩暈《めまい》に襲われて、立ち上がる時は気合いを入れなければ腰が抜けて動けない。

(頑張れわたし、まだまだやれるでしょ。ここで離脱しようだなんて、何のために無理を言って連れてきてもらったと思ってんの！)

自分で自分に活を入れ、額の汗を袖で拭う。

その時、背後で小さな音が聞こえた。まだ手付かずの瓦礫の山だ。もしかしたらここの中にも誰かいて、命を必死に燃やしながら助けを待っているのかもしれない。

わたしは息を吸い込んで、腹に力を入れ立ち上がる。

近づいてみれば、瓦礫と瓦礫の隙間からわずかな瘴気が漏れているのが見えた。

(まさか……魔獣に襲われた人が？)

倒壊した建物の下敷きになっているだけじゃなく、魔獣による怪我もあるとなれば、一層迅速な救助が求められる。

「誰かいる？　声を出せるなら声を、無理なら音を立てて」

わたしはそこに呼びかけた。一歩一歩近づくが、まだ何も反応はない。

重みに負けた瓦礫が崩れる音なら別にいい。助け出すべき怪我人はいなかったのだ、喜ばしいことだ。

「もし――」

再度わたしが呼びかけようとした時、大きな音とともに瓦礫の山が突然爆《は》ぜた。木屑《くず》や埃、石やら砂やらが飛び散って、濃い瘴気が周囲に溢れた。

（えっ……まさか――）

瓦礫が爆ぜたんじゃない。中に潜んでいた魔獣が、勢いよく飛び出したのだ。

瓦礫の中に潜んでいたのは、怪我人ではなく魔獣だった。成人と同じくらいの大きさの、四本足の獣。目の位置はなんとなくわかるが、あとは瘴気と同じ色のぼんやりとした塊《かたまり》としか認識できない。

魔獣というものに出会ったのはこれが初めてだったけれど、どんな動物とも似て非なる異様さに、ひと目でそうだとわかった。

大型のものはそれこそ民家くらいの大きさを誇ると聞いたから、きっとこれは小型から中型に分類されるものだ。でも、怖がらないなんて無理な話。

「たす、た、たすけっ」

近くにいたはずの武装した兵士たちは、魔獣の出現に気づいているだろう。でも、距離的に魔獣に一番近いのはわたし。

魔獣が頭を低くし構えた。その目はわたしを捉えている。

（このままじゃ襲われる……んじゃないの？　まだ死にたくないんだけど！）

わたしは魔獣に背を向けて、離れようと走り出した。しかしいくらも進まないうちに、スカートの裾を踏み転ぶ。その時偶然にも魔獣はわたしの頭めがけて飛び掛かっていたようで、急に地に伏せたわたしを飛び越え、近くにあった別の瓦礫の山に体ごと突っ込んでいった。

面布がハラリと土の上に落ちる。魔獣の爪でも当たったのか、紐が切れたみたいだ。遅れて、頬にチリッとした痛みが走る。

「先生、今のうちに!!」

わたしが転んでいる間に、兵士たちが応援に駆けつけてくれた。数人がかりで魔獣を取り囲み、わたしを逃がそうとするが、魔獣は俊敏で強い。

一人、二人、次々と兵士が倒される。血が飛び散り、魔獣の瘴気が怪我と共に人間に移り、まるで感染していくように瘴気の汚染が広がっていく。

そしてあっという間に、再度わたしは魔獣と対峙《たいじ》することになった。

(一人で立ち向かう？　武器もないのに？　とにかく立ち上がらなきゃ……立って走って、せめてここに魔獣がいるって誰かに伝えないと)

わかっているのに立ち上がることができない。

腕を地面に突っ張ろうとしても、関節がガクガク曲がってしまう。腰から下は力が入らず、何をすることもできない。

おまけに、この瘴気の濃さ。

魔獣が暴れたことにより飛び散った瘴気のせいで、酷い眩暈に襲われた。

(わたし……こんなところで死ぬの？　しかも食われて死ぬなんてっ)

魔獣がにじり寄ってくる。悪足掻《わるあが》きとはわかっていながら尻餅をついたまま後ずさるものの、距離はどんどん縮んでいく。

魔獣は絶えず低い唸《うな》り声を上げていた。わたしを威嚇《いかく》している。怖がらせ、戦意を削《そ》ごうと睨んでいるのだ。

やがて魔獣はささやかな音とともに地面を蹴って飛び上がった。

気づけば、すでに頭上にいた。大きく開いた口の中に、真っ黒な鋭い牙が見えた。

（ああ、あれでわたしは噛み砕かれるのか。しんど……）

ここまで来たら、もうわたしに為す術《すべ》はない。目を瞑り、静かに受け入れるだけだ。

（できるだけ痛くしないでほしいなあ。どうせやるならサクッと息の根を止めてほしい。死にたくないけど、死ねばこの抗いきれないムラムラとも決別することができるのかな――）

わたしは身を固くして、噛みつかれるのを待っていた。しかし痛みは訪れることなく、代わりに情けない鳴き声が聞こえた。

鳴き声に、地響きに、金属の触れ合う音に――。

恐る恐る瞼を開くと、わたしに背を向けたまま動かなくなった魔獣の体が地面に横たわっていた。最初こそ獣の形をしていたけれど、みるみる溶けてのっぺりとした丸い染みになり、土に色を残し消えた。

（うわ、魔獣ってあんな風に消えるんだ……）

「ミア、無事か!?」

魔獣がいた場所を呆然《ぼうぜん》と眺めていたら、慌てた声に名を呼ばれた。え、と顔を向けると、人影が。

白馬に跨った人。男性。……ザイオンだ。

「ザイ、オ……」

(ああ違った、今は「エゼキエル陛下」って呼ばなきゃダメなんだっけ)

夢の中のようだった。あるいは、死後の世界。

まるで現実味がなかった。近寄ってくる馬蹄《ばてい》の音がろくに聞こえなかったのもある。

ザイオンの手には、白く輝く剣が握られていた。刃の半分は魔獣の血がべっとりと付着していたけれど、魔獣が消えるのと同じように、やがてその血糊《ちのり》も消えた。

「ここらの魔獣は一掃したはずだが……念のため見回りに来てよかった。怪我はないか?」

ザイオンは白銀色の鎧を纏っていた。背中にはマントがたなびき、まるで伝説の中の救世主みたい。わたしにとっては命の恩人となるので、救世主も同然だけど。

彼は馬を下り、鎧のガチャガチャ擦れ合う音が歩くリズムに合わせて鳴った。わたしのそばに来ると、彼は片膝をつく。

「ミア、怪我は?」

再度彼が尋ねてきたところで、何も答えていなかったことを思い出す。

「……どこも。びっくりしたけど」

返答の遅れを取り戻すように、わたしは何度も頷いた。

ザイオンがわずかに息を吐く。安堵、だろうか。わたしが無事だと意思表示をしたから、彼は安心してくれたのか。

手が伸び、わたしの頬に触れた。ガントレット越しだったのにその接触で彼と素肌で触れ合った思い出の数々が蘇り、わたしの耳が熱くなる。

「他の薬師たちは？」

「みんなバラバラで……わたしはここを、……っ、任されたので。ここのすぐ近くにいるはずですけど、ぅ」

命の危機は去った。しかしながら発情状態はいまだ継続中だった。

しかも、わたしを楽にしてくれる存在――ザイオン――がこんな近くにいるとなると、欲望が暴れ始めるのも無理はなくて……。

「辛そうだな」

「……大丈夫」

本当は全然大丈夫なんかじゃない。できることなら今すぐにでも青姦《あおかん》をキメてほしかった。

もちろん、それが不可能だということもしっかりわかっている。

それに加え自分からこの地に来ることを望んだ手前、弱音を吐くことができなかった。「大丈夫じゃない」なんて、口が裂けても言えないのである。

心配そうな眼差しのザイオンに、わたしも意志のこもった視線を返す。わたしが一歩も譲らないものだから、ザイオンは諦め肩を落とした。そして周囲を窺ったのち、自分の背にあるマントを掴み、それを目隠しのようにして——。

「え、ザイ——」

かぷっ、と音がした気がした。わたしとザイオンの唇が合わさった音だ。

熱く厚い舌の訪れ。ぬめぬめとわたしの舌を撫でる感触。

「え、あ、……んふ、ふぁ、…………っ、ぁ」

逃げなければと思うのに、わたしたちの舌は絡まった。むしろ深層心理では逃げようなんて思っていなかったのかもしれない。

深いキスはわたしを癒した。わたしの中に溜まった瘴気が、唾液に触れ粘膜に触れ、綺麗さっぱり溶かされていく。そのカタルシスの、なんと甘美で尊いことか。

彼の腰に手を回した。鎧の冷たさなんて気にならない。いつも掴むところが掴めない、というくらいだ。

永遠にザイオンを感じていたかったけれど、終わりはすぐにやってきた。軽やかな音とともに、唇が離れてしまったのだ。

恍惚《こうこつ》の中で目を開ければ、ザイオンがゆるやかに微笑んでいる。

（……え、待って。意味わかんない。なんでキスした？　なんで今？）

ハッとして、彼にしなだれかかっていた体を起こす。こんなところ誰かに見られでもしたら一大事だ。

「あ、あの、今の……――」

唐突な行為の意図がわからず、わたしは尋ねようとした。でも、それより早くザイオンが立ち上がった。

マントをバサッと翻し、背を向けながらわたしに告げる。

「ミアの無事を願う」

再び白馬に飛び乗ると、お供のセイデンさまとともにどこかへと駆けていく。その後ろ姿をわたしは呆然と眺めていた。

3

到着後、直ちに開始された怪我人の手当て。広場に仮の診療所を設け、次々運び込まれてくる負傷者の処置にあたったり、兵士とともに現場へ向かい救出した人たちをその場で診たりもした。

人員不足状態での夜を徹しての作業はとても骨が折れたものの、陽が昇り、昼を回る頃には各地からの支援者や物資が次々に到着し始め、人も物も増えたことでずいぶんと楽になった。

魔獣が掃討されたと伝令が回り、安全が確認されたことで支援が集まってきたのだろう。

そして、療養先の手配や現地の薬師たちへの引き継ぎを終えたのは、夕方。

一睡もせず丸一日働き通しだったことになるが、睡眠よりも欲しいものがわたしには生じていた。

「ミア先生、大変お疲れ様でした。中央領組はひとまず明朝の馬車で帰還する手筈《てはず》となっていますから、それまでゆっくり休んでください」

移送用の馬車の荷台に相乗りし、わたしは他の薬師たちと近場の宿屋に降り立った。

ツァイゼル領内や隣領からやってきた者たちは、夜は一度自領や派遣元に戻り、また明日の日の出と共にやってくるのだという。我々は皇帝の命により派遣されてきた――わたしは自分から願い出た――けれど、近場の人員であとは対処できるとのことから、明日には帰還することになった。

混乱の中、ザイオンとは一度だけ会った。わたしが魔獣に襲われているところを、彼が颯爽と救ってくれた。

さらに、命を助けてくれただけじゃなく、キスまで。

あのキスのおかげで、ここまで耐えられたと言っても過言ではない。限界近くまで吸い込んでしまった瘴気を、知ってか知らでかザイオンが取り除いてくれたからだ。

……たぶん、知らずにだと思う。もしも聖女だと知っていたならば、もっと必死になって、それこそ手段なんて選ばずにわたしを聖女として囲い込んだだろうから。

とにかくザイオンのおかげで、わたしは誰も襲わず誰にも痴態を晒さずに済んだ。とはいえ、瘴気だらけのこの地なので、今現在も再び限界が訪れていたりするけれど。

宿に着き、シウバ先生はここしか取れなかったと申し訳なさそうに言っていたが、風雨が凌《しの》げて横になれる広さがあればどこでもよかった。最悪の場合、数日徹夜することも覚悟していた身としては、宿が取れただけでもありがたい。

それに加えて壁は分厚く防音に優れ、横になれる床どころかベッドがあり、ついでにシャワールームまで付いている個室を使っていいと与えられたのだから、心の底から感謝した。

「ありがとうございます。お言葉に甘えさせていただきます」

彼に礼を告げ扉を閉め一人になると、わたしはバサバサと身につけたものを脱いでいった。服が散らかるのも気にせずに最速で下着姿になって、そのままベッドに飛び乗った。

「ん……は、あっ」

いい加減、我慢も限界にきていた。

濃い瘴気の中を動き回り、魔獣による怪我人の手当てで自ら進んで瘴気を吸い取り続けていたせいだ。途中、ザイオンがキスしてくれたから少しだけ落ち着いたけど、もう無理。

石鹸《せっけん》の香りのするリネンに顔を押し付けながら、恐る恐る下着の中へ手を忍ばせる。

息が荒く、心拍数も速くなっている。全身が火照り、疼《うず》いて仕方がない。

指先に下生えの感触を得た。さらにその奥を目指そうとした時、ノック音に中断を余儀なくされてしまう。

気だるい体をなんとか起こし、扉に向かって声を出す。

「シウバ先生ですか？　すみません、今着替えの途中で――」

再びノックの音が聞こえた。でも、方向が違う。音の出どころは扉とは反対側だった。わたしの背後、窓からだ。

訝しみながらカーテンを開くと、外に迫《せ》り出したバルコネットのわずかな空間を足場にして、窓枠に掴まっているザイオンがいた。

「え、なん……!?」

鎧は脱いできたようだけど、そんなことは問題じゃない。

彼は口元に人差し指を当て、それからその指で窓の鍵を指差した。こういうことか？　と鍵を開けると、当然のように彼が室内に入ってくる。

「なっなぜ窓から!?　あの、帰っていただけませんか！」

下着姿だったことを思い出し、ベッドからシーツを剥ぎ取って、体に巻きつけながら声を上げた。

（どうして今!?　わたしにあなたの相手をしていられる余裕なんかないんだけど！）

しかしザイオンは怯まない。

「ミアには僕が必要だと思ったから、人目を忍んでやってきたのですが？」

どれだけ自己評価が高いんだ。

「別に必要としてないって！」

わたしは苛立ちを隠せず、荒々しく彼の自意識過剰な発言を否定した。それなのに彼は澄まし顔で、押し付けがましく主張する。

「いいえ。あなたは僕を必要としている」

わたしが一歩下がると、彼が一歩近づく。その繰り返しで、わたしは壁に追い詰められた。

「……これ以上近づかないで。お願い、離れて」

「恐れないでください。酷いことはしませんから」

背後には壁、正面にはザイオン。通せんぼうをするように、彼が壁に手をついた。手のひらどころか肘まで壁にぺたりとくっつけて、わたしとの距離を縮めていく。

「……っ、だめ、お願い……」

すぐそこに彼の胸があった。足首まである長く黒い外套《がいとう》と、その中に着込んでいるのは白と金を基調とした詰襟の上着、トラウザーズ。

顔と手以外に肌はほとんど出ていないのに、装いの上からでもわかってしまう筋肉の隆起に吸い寄せられそうになる。

クラクラして、苦しさに短い息を繰り返す。瞼が重く今にも目を瞑ってしまいそう。

（わかってる、ダメなのはわかってる。でも……この胸に飛び込みたい。ザイオンの香りを、感触を、思う存分味わいたいっ）

誘惑と必死に闘っていると、頭上からさらに甘い誘惑が降る。

「僕はミアを助けたいだけです。だからどうか、拒まないで」

わたしを惑わせる甘い囁き。深く、穏やかで、色気を孕《はら》む低い声。全身がゾクゾクと震え、膝が笑い始める。

「ダメ。だって、だって……触れちゃったら、止められなくなる」

「わかっています。だから来たのですよ」

ザイオンが身をかがめ、わたしのこめかみにキスを落とした。ちゅ、という高くかすかな音の響きが耳に入った瞬間、わたしの脳内に火花が散った。

肌を隠さなきゃ、という恥じらいの気持ちは、この時にどうでもよくなった。シーツを手放し、発作のように彼の体に縋りつき、顔を上げるとすぐに唇が重なった。あとはもう、為すがまま。

初めて彼を知った時に近いかもしれない。キスだけで昇天してしまいそうな官能。

毎月の逢瀬も最高だったけど、それをはるかに凌ぐほどの気持ちよさにわたしは我を忘れた。

舌を絡ませ合ったまま、ザイオンがわたしを抱き上げる。わたしもその首に手を回し、腰に足を巻きつけた。

早く、早く——と、それしか考えられない。拒みたいのに、拒みきれない。本当は、誰よりもわたしがこの人を必要としていたのだ。

悔しいような、嬉しいような。……両方かも。

複雑な感情が涙を溢れさせる。ベッドに下ろされた時に唇が一瞬離れたので、その機に乗じてわたしは吐露する。

「ザイオン……たすけて」

彼しかいないのだと、わたしは思い知らされていた。わたしの暴れる情欲を飼い慣らしてくれるのは、神力に富む高位聖職者であり、絶倫であり、性欲おばけのこの人しかいない。

本日二度目。悔しいけど、彼がまるで救世主のように見えた。わたしを淫らな欲望地獄から連れ出してくれるただ一人。わたしが誰よりも求めるただ一人。

いつもならばザイオンの方が狂ったようにわたしを求めていたはずなのに、今日は立場が完全に逆だ。

体にのし掛かる重さと温《ぬく》もりが心地いい。頼もしくて、期待と興奮が高まる。脚を擦り寄せた時偶然当たった彼の硬さに、おねだりをしてしまいそうになる。

「んんっ！」

下着の紐を引っ張られただけで声が上がった。

「……落ち着いて。ゆっくり呼吸をして。ミアが何を欲しているか、承知していますので」

ザイオンに言われた通り、深呼吸をしてみる。でも、彼の体を弄ることがやめられない。盛り上がった胸も、すべすべの首筋も、我がものにするかのように夢中で撫でた。

ベッドの上に転がされ、わたしはうつ伏せになった。全裸状態のわたしの腰に手がかかってすぐ、背後からゴソゴソと衣擦れの音が聞こえてきた。ついでに、バックルを外す時のような軽快な金属音も一緒に。

もう与えてくれるのか、と歓喜しそうになる一方で、一抹の不安が頭を過《よ》ぎる。

「あ、ザイオン……わたし、昨日から働き通しで……湯浴みできていなく、てっ!?」

言い終わらないうちに、秘所に熱いものが触れた。それが何なのか、確認するまでもない。

体を清めてからでないと……とは思うものの、腰が動いて彼の肉棒を迎え入れようとしてしまう。

「つまり今日はひときわ濃いミアが味わえるというわけですね。それが何か問題でも？　僕も生憎《あいにく》動き回ったままの体ですが……一度仕切り直した方がいいですか？」

「だっ、ダメ！　このまま！　お願い、だから、このまま……してっ！」

躊躇《ためら》ったのは自分なのに、欲望には抗えなかった。

わたしの言葉が合図となったのか、ザイオンが腰を固定しすぐにグッと圧をかけた。

「ん、あ、ぁ……っ！　ザイ、ぉ…………っあ!!」

とても太いもので、そこが拡張されていく。強引ではなくゆっくりとだが、決して止まることはない。

ぬかるみ飢えた襞の一つ一つが、生き返っていくような……自分でもどう表現したらいいかわからないくらい、多幸感と解放感に支配された。

繋がりきって支えが不要になったからか、ザイオンの手がシーツを握るわたしの手に重ねられる。

彼は服を着たまま。外套は床に脱ぎ捨ててあったけれど、おそらくそれ以外はしっかり着込んだままなのだろう。

「はあ……、数日前にも交わったばかりだというのに、なんと素晴らしい……やはり頻度を増やした方がいいな。ミアはどう思います？」

そんな質問を、まともじゃない時のわたしに投げないでほしい。しかも、背後からわたしに覆いかぶさって、耳元で囁くなど。

「もっとして。もっと……したい。ザイオン、お願い！」

低く響く彼の声は、わたしの性感帯に届く。それどころか、長くそこに居座るのだ。頭の中で反響して、しばらくわたしを魅了する。

「同意いただけてとても嬉しく思います。取り急ぎ、まずは今夜を楽しみましょうか」

ザイオンが体を引いた。くちゅりと泡立つ音がして、結合部分が擦れていく。

「はあ、あ、あ……！　いいっ、だめ、ザイ、イ、ォン……っ！」

シウバ先生、ありがとう。分厚い壁の宿をとってくれてありがとう。

ここにはいない第三者に感謝しながら、わたしはザイオンに身を委ねた。

4

窓の外の明るさに目を覚ます。空がオレンジ色に染まっている。ちょうど朝焼けの真っ最中で、その美しさをわたしはしばらくぼーっとしながら眺めていた。

体がベトベトなのを思い出し、のそっと起き上がりシャワーを浴びる。

サンセドピア聖国は海に面し降雨量も降雪量も比較的多いお国柄なため、年間を通して水に恵まれている。そのおかげで、こうしてシャワーも気軽に使える。

ただし、この宿は水しか出ないけど。

着替えがないので下着類はシャワーのついでに洗ってしまった。固く絞っただけの下着は冷たく着心地が悪かったものの、汚れたままよりはマシだろう。そのうち乾くのだから、ほんの少しの辛抱だ。

「……ふぅ」

そして、さっぱりして人心地ついたわたしは、ようやく昨夜のことを回想する。

「………え？　待って、ザイオンが来た、よね？」

口元に手を当て、自問自答する。

「な……ん、で？　なんで突然？　どうして？」

数日前、皇城で陛下と話した時、ミヤコはわたしだと渋々正体を明かした。でも、だからといって夜の誘いを受けたわけでも、それを承諾したわけでもない。

『あなたは僕を必要としている』

『僕はミアを助けたいだけ』

昨夜の彼の言葉だ。

確かにわたしは性衝動を発散させたくてちょっとおかしくなっていた。たくさんの瘴気を取り込んだせいで、尋常じゃなく発情していたのだ。

だとしても、それをザイオンは知らないはず。わたしは『ミヤコ』と同一人物だと明かしたが、聖女であることは変わらず伏せたままなのだ。

「でも、彼の言葉や行動は、わたしの衝動をなんとかしようとしてくれてるみたいだったよね……」

（もしかして、聖女ということもバレている？　だからわたしに執着する？　だからわたしに求婚する？　ザイオンが欲しいのは、ミア・ベネトナシュではなく……聖女？）

激しく騒ぎ出す心臓を静めようと、無意識に胸に手が向いた。だが、そんなことではどうにもならない。

万が一聖女だと公表されでもしたら、今までのように薬師の仕事は続けられなくなるだろう。仕事への影響だけならまだいい。監禁とか暗殺とか、恐ろしいことが自分の身に降りかかる……かもしれない。

聖女の生活に自由はない。少しずつ自分が壊れていくのを、ゆるやかに自覚しながら死んでいくだけ。

ところがどういうことか、わたしが抱く感情は、未来への不安よりも謎の喪失感の方が大きな割合を占めていた。喪失感というか、裏切られた悲しみのような……。

かつてわたしに愛を囁いた男は、わたしの若さを欲した。それと同じくザイオンは、聖女を欲したのではないか。……いつ知ったのかは定かではないけれど。

(また同じ。『わたし』は単なる付属品で、必要とされているのは属性だけ。ザイオンが欲しいのは『聖女』っていうわたしの属性だけなんだ)

腰に手を当て、ため息を吐く。

誰もいない、乱れたベッドに目をやった。シーツがぐしゃぐしゃになってはいるものの、彼がいた痕跡はちっとも残ってはいない。

わたしの寝相が悪かっただけ、という言い訳は十分に通るだろう。

「確認しなきゃ。……ザイオンに。その前にまず、何食わぬ顔でみんなと中央領に帰らなきゃ」

聖女だとバレているならば、ザイオンの求婚を断った場合、監禁が待っているかもしれない。しかし逃げ場なんてないし、ここで一人悩んでいても埒《らち》が明かないのも事実。

そもそも、本当に聖女だと気づかれたのかもわからない。なんせ彼は絶倫なので、単に致したくてやってきた可能性もあるのだから。

(どうせ向こうは皇帝なんだから、わたしなんか一捻《ひとひね》りだ)

「今の段階じゃ考えるだけ無駄。……うん。ヨシ、帰ろう」

わたしは気持ちを切り替えて、汚れたままの仕事着に袖を通した。

終章　ザイオンのターン！

1

先日の魔獣の騒動から、およそ半月が経過した。

ザイオンの素早い行動と一騎当千のごり押しパワーにより、魔獣の数から想定されるよりもずいぶんと少ない被害で済んだそうだ。死傷者は出たものの以前の襲撃に比べるとごくわずかで、結界も無傷なまま守り抜けたとのこと。

かく言うわたしもザイオンに助けてもらったうちの一人だ。

わたしがよく知っている彼は、幸せそうにわたしのお尻を愛《め》でる絶倫巨根ゾンビ男だ。しかしあの日のザイオンは確かに、人々が信頼を寄せ口々に讃えるエゼキエル皇帝陛下だった。白銀の鎧を身に纏い、白馬に跨って勇猛果敢に魔獣に立ち向かう姿は、拝みたくなるくらいに神々しいとさえ思った。

とはいえ被災した方々の怪我がすぐに治るわけではないし、倒壊した建物や崩れてしまった道路がすぐに元通りになるというわけでもない。そういう意味では継続した支援は今後も必要で、ザイオンも多忙を極めているのだとは推測できるけれど——。

「はあぁ、ようやくミアと会えました！　ようやく、ようっやくね!!　これでもかなり急いだ方なのですよ？　いつものペースで働いていたらミアとの茶会はもっと先に延期になっていました。本当に、ほんっとう〜〜に、頑張ってきた甲斐《かい》があった……！」

「はあ」

わたしが「そうです、わたしがセフレのミヤコです」と開き直ったせいか、ザイオンはもうわたしの前で皇帝ぶることをやめた。常にキリッとして背筋を伸ばしていた『皇帝』は、わたしと二人きりになった途端に『一人の男性』となった。テーブルに肘をついては、力を抜いてわたしを眺めニコニコうっとりしているだけの。

ただ、瞳孔が開きっぱなしなのが怖い。

「……あ、今のは労ってほしいという意味だった？　頑張ったね、とか言った方がよかった？」

わたしへのクソデカ感情をひしひしと感じ、落ち着かない腹いせにティーカップ片手につい憎まれ口を叩いてしまった。

ちなみに、正体がバレて顔を隠す必要もなくなったので、今回から彼の前でも面布を取ってお茶を頂くことにした。さすが皇帝が口にするお茶だ、舌触りがまろやかで高級品だとよくわかる。

棘《とげ》のあるわたしの言葉にも彼は嫌な顔ひとつせず、上機嫌で否定する。

「言葉など、必ずしも必要なわけではないのですよ。ミアとの穏やかな時間さえあれば、僕はそれで幸せなのです」

「はあ」

返答に困り、またしてもわたしはそっけない返事をした。

今日ザイオンに会うにあたり、聖女の話題が出ることを覚悟していた。待っていた、とも言える。それなのに、聖女の『せ』の字も出る気配はない。

「ああ、ミアのお顔は最高にかわいいですねえ。緩いカーブを描きつつ最後にツンと尖《とが》った鼻も、程よく厚く真っ赤な唇も、見れば見るほど愛着が湧いてくる」

「はあ」

ザイオンはわたしが聖女だと知っているから、機嫌を取るためにこうやってヨイショしてくれるのだ――とわかっているにもかかわらず、こんなにも浮かれて語られたら、頬が熱くなってくる。

「今日はシュケットも用意させました。一つと言わず、お好きなだけ召し上がってくださいね。もちろん他の菓子も茶も。ミアのお好きなように！」

「…………」

シュケットとは、以前の勉強会で隣に座った薬師から一つ分けてもらった菓子である。ザイオンに報告なんてしていないから、薬室に探りを入れたのだろう。

（よく調べておられるようで……）

「あぁそういえば、僕のことは以前と変わらず『ザイオン』と呼んでくださって構いませんからね。他人がいる場でのみ『エゼキエル』の名をお使いくだされば、あとはエゼでもキールでもエルでも。『ザイオン』にこだわらず、ミアが呼びやすいならどれでも」

困ったことにわたしの目には、ザイオンがわたしにデレているように映っていた。聖女だとか関係なしに、まるでこのわたし自身に惚れているような……。

（……いや、そんなはずはない。きっと）

かすかに衣擦れの音がして、なんだろうと思うよりも早くザイオンの手がわたしの頰に触れた。彼から視線を逸らしていたのが仇《あだ》となったようだ。

ザイオンの手は大きくて頼もしい。指も骨張っていて長く、わたしのナカをいつも掻き混……なんでもない。場所や状況を弁えずふしだらなことを考えるのはいささか不適切だった。

指の背が、わたしの頰をすりすりと撫でる。幾度となく触れられてはいるけれど、この場でこれは馴れ馴れしすぎるのでは？　と抗議しようとした——のに。

「ミアの声も好きなのです。低めで芯がある声で、まっすぐな性格と意志の強さを感じます。濡れ羽色の髪もいい。黒いつぶらな瞳も、いつまでもその中に映っていたくなる」

ドキドキして、出遅れた。まっすぐに見つめられ、怯んだ。

彼の手が、わたしの輪郭をなぞり顎を優しく持ち上げる。顔が近づいてくるが、抵抗する気が湧いてこない。

唇が触れ合いそうな距離で、ザイオンがゆっくり口を開く。いきなりベロチューか、それもまたヨシ……などとぼんやりしていたが全然違い、彼は言葉を囁いた。

「逢瀬の時が近づいていますが、次はどうします？ またあの娼館で？」

わたしは現実に引き戻され、弾かれたように立ち上がった。テーブルが揺れ、カップにあった茶がこぼれた。

「わ、わたしの正体を知ったのはいつなの!? 娼婦ということではなくて、もう一つのっ」

勢いに任せて訊《き》いてしまった。彼が気づいていないのであれば墓穴を掘ったことになるが、駆け引きに慣れていないわたしには正体を隠して知りたい情報だけ引き出すことなど不可能だった。

とはいえ、十中八九バレている。やはりここでモヤモヤするよりも、直球でぶつかった方が清々するだろう。そういう意味では後悔はない。

案の定、ザイオンは「ああ、そのことですか」と驚いた様子もなく、宙ぶらりんになっていた手を引っ込めてテーブルの上で組んだ。

「初めて抱いた時からですよ」

「…………え？」

わたしは耳を疑った。

（今『初めて』と聞こえた気がするけど、そんなわけ――）

「ミアが聖女だというのは、初めて肌を重ねた時に気づきました。神力を操り結界を張る僕たち高位聖職者は、聖女を抱くことで神力を高めることができますから。瘴気だの神力だの、僕の目には見えませんが、力が流れ込んできたらさすがにわかります」

気のせいではなかった。今度はハッキリと聞こえた。『初めて』。そして『ミアが聖女だ』という部分も。

でも、それよりも聞き捨てならない言葉があった。

「聖女を……なんて？　聖女を抱くと、神力を高められるの？」

「ええそうです。聖職者は聖女に溜まった瘴気を吸い取り、己の体内で神力に変換させることができるのです。大気中の瘴気を聖職者が直接浄化できればいいのですが、どうしても聖女を介す必要があり……。とはいえ聖女は溜まっていたものがヌけてスッキリ、聖職者も力が増える。面白い仕組みでしょう？」

溜まっただのヌくだの、言い回しがいちいち卑猥で気に入らない。どこが『聖職者』なんだ、絶対『性職者』と呼んだ方が合ってるでしょ……と私は苛立ちを覚える。

「……そんな話、父から聞いてないんだけど」

「当然です、今ミアに話したことは、八王家の当主だけに伝えられる極秘事項ですから。一般市民は瘴気に聖女への催淫作用があることすら知りません。エクシラ教の教義上、聖女が性欲を抱くなど非常に都合が悪いのです。——正しくは、聖女を八王家で独占したいがため、禁欲を説いているわけですが」

生前の父も、八王家当主にしか知らされない秘密があると言っていたっけ……。

「じゃあ、ザイオンはわたしが聖女だと一年前から知っていたってこと？」

「もちろん」

ザイオンはあっさりと答えた。わざわざ確認することでもないみたいに。聖女かどうかということが、さして重要でもないみたいに。

（どうして？　わたしにはとても大きな秘密で、ひた隠しにしてきたのに……）

「だっ……、そのこと、誰かに言った？」

声が震えた。人の口に戸は立てられない。彼の対応次第では、二度と引き返せなくなることも覚悟しなければならない。

「とんでもない！　言うわけないじゃないですか！」

「……………えっ？」

ところがザイオンは否定した。しかも、あり得ない！　という強い口調で。

恐怖の膨張がピタリと止まった。わたしの思考も止まっていて、その間にザイオンが「言うわけない」理由を解説してくれる。

「ミアは秘密にしておきたかったのでしょう？　そうする事情は存じ上げませんが、ミアの意思を無視して僕が誰かに暴露して、それで何か得をしますか？」

（――胸が痛い。痛いのは辛いことのはずなのに、どうしてかすごく……温かい気持ちになる）

「ザイオンはわたしを手に入れることで、神力を増やせるんでしょう？　聖女が隣にいれば皇帝としての箔《はく》がつくし、好都合なんじゃないの？」

彼は顎に指を添え、うーんと悩む仕草をする。

「好都合、ねえ……。歴代の皇帝や八王家の当主たちなら聖女を欲しがったとは思いますが、僕には不要と言いますか……」

「不要、なの？」

ザイオンは付け加える。

「要するに、聖女の助けも不要なくらい、僕は神力に恵まれているのですよ。僕が初めて皇帝に選出された時も、その後の再選の際も、神力計は歴代のどの皇帝よりも高い値を叩き出しましたから。箔云々という話も、僕は表向き品行方正で超有能な皇帝としてすでに認められていますので、必要性を感じません」

（ザイオンは聖女を求めていない？　ならば、彼が求めているものは――）

わたしの心が勝手に動き始めていた。許可なんて出していないのに、わたしが考えるよりも結論を出すよりも早く、心が浮かれたがっていた。

「ミアが聖女でなかったとしても、僕はミアを愛したと断言できます。あなたの言葉と存在に、僕は救われたのですから。あなたの優しさに心底惚れてしまったのですよ。……あれ？　この話、前にもしませんでしたっけ？」

……世界がひっくり返るような感覚。

元いた世界からサンセドピアに来た時に感じたのは恐怖だった。セフレの正体が『触れるな危険』な聖職者だと知った時も、わたしは恐怖を覚えた。

でも、今回だけは怖くない。

混乱はするけど、わたしの胸に恐怖はなかった。代わりに何があるのかと言えば――。

（どうしよう。嬉しい……、かも）

足に力が入らなくて、これ以上立っていられそうになかった。何かに掴まろうと思ったがそれよりも先に腰が抜け、ガクンとその場にへたり込んだ。尻を床に打ち付ける前に彼が支えてくれたから、そう強い衝撃は受けずに済んだけれど。

「ミア？　大丈夫ですか？　そんなに驚くことでした？」

会うたびにそう告げていたのに、とザイオンは不服そうにしているが、わたしの身にもなってほしい。

過去に男で痛い目を見た経験があり、聖職者を警戒している聖女のわたしが、聖職者である

セフレの言葉をそうすんなりと信じられると思うのか？

「本気で？　本気でわたしを……わたしに？」

わたしの動揺っぷりがよほど凄まじかったのか、ザイオンが困ったように笑う。

「もしかして、僕の気持ちがようやく伝わったのかな？　本気ですよ、最初から。　僕はミアに

出会った日から、ずっとあなたに懸想している」

わたしを椅子に座らせて、その前で彼は片膝をついた。　わたしの指先を取って、手の甲に口

づけを落とす。　薄い唇の先を尖らせて、ほんの一瞬触れるだけのキスを。

「信じてほしい。　ミアが困っている時、ミアに危機が訪れた時、僕は必ずあなたを助け、力に

なると誓います。　また、ミアがこの先聖女でなくなることがあったとしても、僕は全く構いま

せん。　だから、僕と結婚してください。　あなたのそばに寄り添うことをお許しください。　ミア

を伴侶とし、ともに人生を歩みたいのです」

（ああ、わたし……そうだったのか）

わたしはザイオンが欲しくて、ザイオンにもわたしを欲してほしかった。　体だけでなく、聖

女の部分だけでもなく、『わたし』自身を。　わたしの心を。

聖女だから欲したわけでない……と事細かに説明されてようやく、わたしは自分の望みとザ

イオンの気持ちに向き合えたような気がする。

（聖女と聖職者だからとか、セフレだからとか、男にハマるのはトラウマがどうとか。たぶん、全部言い訳だったんだ。傷つくことを恐れるあまり、自分の気持ちを見ないようにして――）

目の前には美しく頼もしい顔。そこから目が逸らせない。耳が熱く、心臓はずいぶん前から全力疾走した時のように激しい鼓動を繰り返している。

「あ、あの……わた……わっ、わたしっ」

「ご安心ください、すぐに答えを出せとは申しませんから。じっくり考えてください。その後はもちろん、いい返事を期待していますけど」

猶予を与えてくれる割に、別れ際にわたしの額にちゃっかりキスをするあたり、ザイオンには断られる想定などないのだろう。悔しいことに、わたしもすでに受け入れることを考え始めていたけれど。

2

この国の長たる皇帝陛下に求婚されている身ではあるものの、わたしは単なる平民で、単なる一介の薬師にすぎない。書類上の母親は貴族の出ということになってはいるが、わたしは会ったこともなく、実在している――戸籍上は故人なので厳密には『していた』――かどうかも知らない。

貴族との付き合いはあるが仕事関係ばかりだし、知っているマナーも多くはない。

にもかかわらずザイオンときたら、そんなわたしを夜会に招いた。

わたしのもとへ招待状を持ってきたのは、またしてもクラウジウスさまだった。単なる配達人ではない彼がわざわざわたしの前に立ちはだかり、ここで封を開けよ返事をせよ、と急かしてくるのはいつになったらやめてくれるのだろう。

ドレスがない、マナーも知らないと言い張ったのに、ドレスはこちらで用意するだの、マナー講師を派遣するだの。

結局わたしは断る余地のないままに、「参加いたします」と言わされたのである。

わたしが到着する頃には、夜会会場は多くの客ですでに賑《にぎ》わいを見せていた。華やかな場には慣れていないので落ち着かず、手持ち無沙汰なのを隠そうと運ばれてきたグラスを一つ手に取ってみたりなどする。

(ザイオン、どこにいるんだろう。……ち、違う、会いたいわけじゃないんだけど。……いや、会いたい。会いたいけどもっ)

ザイオンは頼もしくて、ちょっと強引で、絶倫で、体の相性がよくて、顔も声も性格もよくて、そしてわたしの内面にもきちんと目を向けてくれて。

ザイオンとのことを、わたしは前向きに考えていた。それどころか、わたしが答えを保留にしている間に「やっぱりあの話はナシで」と言われてしまわないか焦りを感じたりすることもあった。

ただ、じゃあここまで引っ張っておいて、どんな流れでどうやって「はい」って言うのか？　とか、結婚したらわたしは皇妃となるわけだけど、そんな役を気軽に引き受けていいの？　とか、それはそれで悩みは尽きない。

「失礼ながら、薬師のミア・ベネトナシュ先生ではありませんか？」

ため息を一つ吐いた頃、しわがれた声にわたしは顔を上げた。

「はい、そうで……ザイトリッツ卿《きょう》！　ご無沙汰しております」

その老人には見覚えがあった。以前わざわざわたしを訪ねてきてくださった方だ。奥様が原因不明の病に苦しんでおり、治療法を求めて遠路はるばるお越しになったのだ。

直接お会いするのはこれで三度目。わたしが顔を覚えていることを告げると、彼は目尻に皺を寄せて微笑んだ。

「その節は、妻がお世話になりました。先生直伝の薬湯のおかげで、妻は杖《つえ》を使わずに歩けるまでに回復したのですよ」

彼の奥様は全身の痛みと痺《しび》れに長く悩まされていた。それに伴う不眠症や頭痛、うつ症状があったものの、原因不明でお抱えの薬師も気休め程度の薬しか処方できない状態だった。

他に疾患もなく、精神的な負荷状態にあり多様な症状が見られたことからわたしは線維筋痛症を疑い、睡眠と痛みを改善させる栄養療法を勧めたのだけど、それが功を奏したのだ。

「奥様からは折に触れてお手紙を頂き、その後の様子なども伺っておりました。本当に、大変ようございました」

彼の住まうヒルダヌス領はサンセドピアの北西に位置する。皇城のある中央領からは、先日赴いたツャイゼルよりもさらに遠方の、いわゆる辺境だ。

その距離を、わたしの名だけを頼りに訪ねてきてくださったのだから、何としてでも元気になってもらわなくてはと気負っていたけれど……よかった。

「あの時先生を訪ねなければ、妻は今でも苦しんでいたことでしょう。先生には感謝してもしきれません」

「とんでもない。奥様と卿の頑張りと努力の成果ですよ」

歓談していると、またもや別の声がかかる。

「ミア先生！　あなたが夜会にご出席なさるとは、なんとも珍しい。皇帝陛下から褒賞が下賜されたと伺っておりましたが、その縁で？　先日のツャイゼルでの件も聞きました。ミア先生も従軍なさって救助にあたったそうではございませんか」

「こんばんは、イエーゲル卿。本日は僭越ながら、わたしも陛下よりお声がけいただきましたゆえ」

彼の家はわたしの往診先だ。膝を軽く曲げ挨拶するが、仕事着とは異なる姿で仕事関係の人と会うのは、どうにも居心地が悪くて困る。

なぜならわたしはこの国の美の基準から大幅に外れた容姿なので、着飾ること自体に抵抗があったからだ。

背が高く、スラッとした痩せ型が美人と言われている世間において、わたしは低身長、おまけに肉付きがいい。ふわっとした仕事着ならある程度カバーできるからまだしも、ドレス姿では体の凹凸が隠したくとも隠せない。

ただ一点、そんなわたしでも薬師としてはそれなりに評価してもらえていることが、この場に踏ん張っていられる拠《よ》り所《どころ》だった。

「今、聞き慣れた名が耳に入ったもので。ミア先生、覚えていらっしゃいますか？　私はネワヤの――」

次々にやってくる人々。一人一人に時間を取ってゆっくり話せるならいいのだけれど、一度にどっと押しかけられては挨拶すら満足にできない。

あっという間にわたしの周囲には人だかりができてしまった。さてどうしよう、と笑顔の裏で狼狽えていたところ、誰かが肩に触れたのと同時に頭上からあの声が落ちてくる。

「皆の者、ミアは私が招いた客だ。私抜きで盛り上がられては困る」

怖いようで心地よく耳に残り、ずっと聴いていたくなる声。そんな印象を受けたのはわたしだけではないのか、ざわめいていた広間に水を打ったような静寂が広がった。

人々の視線が声の主──ザイオンに集まった。正確には、彼とその隣にいるわたしに。

冷や汗が背中を伝った。国民に理想的な皇帝だと讃えられるザイオンと、かたや美しくもない平民で薬師のわたし。

あらぬ誤解──でもないけど──を抱く人が増える前に、できる限り早急に彼から離れてしまいたかった。でも、彼はそれを許さない。

「待たせたなミア、すぐに迎えに来れずすまない。夜会はどうだ？　楽しんでいるだろうか？」

彼はわたしの知るザイオンなのに、皇帝役を演じている彼とは顔を合わせただけでも緊張が走る。

それだけ、ザイオンが皇帝としてハマっているという意味でもあるけど。

「はい、皇帝陛下。お世話になった方々とお話に花を咲かせていたところです」

お世話になったのはこちらの方だ、という温かな野次が飛んできたが、ザイオンは満足そうに彼らにふっと微笑んで、またすぐわたしに視線を戻した。

「……私が贈ったドレスを着てくれているな。とてもいい、よく似合っている」

わざわざ人前で言わなくてもいいのに！　──と密かに憤りながら、笑顔をつくり膝を曲げて会釈する。

「ありがとうございます。上品なうえ着心地もよく、大変気に入っております」

周囲から注目されている状況でわざわざ『自分が贈った』と口に出すのは、「この薬師は俺のお気に入りだから手を出すな」と牽制《けんせい》しているように取れる。現にそんな解釈をした耳年増な令嬢たちが、早くも囁きを始める。

二人はどういう関係？　だの、もしや陛下はこの薬師を？　だの。せめて当事者には聞こえないようにやってほしい。

すでにわたしは帰りたい気分になっていた。こんな状況では、プロポーズの返事は別日に仕切り直した方がいいだろう。二人きりになれそうもないし。

お暇《いとま》の挨拶をどこで入れようか頃合いを見計らっていたところ、ザイオンに先手を打たれてしまう。

「少しミアと話がしたい。こちらへ」

有無を言わせぬ強引さで、わたしの背中に手が回った。ザイオンの満足げな目配せからは、「二人きりになりたかったのでしょう？」との声が聞こえてきそうだ。

（そうだけど……うーん、もうちょっと穏便にやれなかったものか……）

思うところはあるけれど、どうしようもないわたしは大人しくバルコニーに連行された。

テーブルに、椅子が二つ。一輪挿しが飾ってあるが、きっと声を掛ければ酒でも食べ物でもなんでもセッティングしてくれるのだろう。

申し合わせていないのに、わたしもザイオンもそれらを避け、人目を忍ぶようにして隅の空間に身を寄せる。

眼下に広がる庭園には、ぽつりぽつりと警備兵がいる程度。会話はもちろん、柵に近づきさえしなければ彼らに見られることもないだろう。

そして、二人きりになったところでわたしはザイオンを見上げた。

「つもう！　どうしてあんなにたくさん人がいる場で思わせぶりな態度を取るの！　——」

と最後まで言い切る前に、ザイオンがわたしの頭を抱きしめた。厚い胸板に窒息しそうなほど顔が押し付けられ、それと同時に頭のてっぺんに無数のキスが降り注ぐ。

「はあ、かわいい！　ちゃんとお召しくださっている！　かわいい！　ミア、本当によくお似合いで!!　肌の露出も控え、ほどよく清楚《せいそ》に見せかけて、後ろ姿はかなり色っぽいのがツボです！　腰から臀部への曲線が美しすぎるあまり、先ほども我を忘れてあなたに抱きつきかけたくらいです！」

(だから、人格が違いすぎるんだよ……)

せっかくセットした髪をぐちゃぐちゃにされてはたまらない。彼の脇腹あたりをポンポンと叩き、我に返れと冷静に諭す。

「ぷはっ……ちょっと、ザイオン！　こんなところでやめてってば。誰かに見られでもしたら何と言い訳するつもりなの？」

百歩譲って我々が夫婦ならまだしも、婚約者どころか恋人ですらない男女である。……まだ。性の乱れを忌避するお国柄、皇帝が堂々と異性と抱き合っているなんて、あってはならないことなのだ。

性欲旺盛なザイオンにとって生きづらいことこの上ないとお察しするが、察するだけ。現実と理想との齟齬《そご》は、各人でなんとかしてほしいものだ——とは思うものの、正直なところ彼の素直な愛情表現に浮かれている自分もいた。

ザイオンは反省せず、嬉々《きき》としてわたしにご高説を垂れる。

「誰にも見えないようカーテンの陰に隠れていますからいいのです。セイデンに人払いをさせていますし。万が一見つかったとて、言い訳する必要などないくらい僕はあなたを愛していますので？」

彼の言う通り、分厚いカーテンがバルコニーと先ほどまでいた広間を完全に隔てていた。隙間がわずかにあるけれど、角度的にこちらの様子は窺えないはずだ。

それならいいのかも？　と流されそうになって、なんだか判然としないモヤモヤに悩まされていたわたしに、ずい、とザイオンが迫る。

「それで、ミア。返答はご用意していただけましたか？」

「あ……」

求婚を受け入れるか、断るか。準備不足は否めなかったけど、答える時がやってきたのだ。

わたしはゴクリと唾を呑み込み、小さく息を吸った。

「結論から言った方がいい？　それとも、結論に至る経緯から？」

「どちらでも。たとえどれだけ話が長くなろうとも、あなたの声も大好きなのでいくらでも聴いていられます」

「……はい」

今ここで再び「結婚してください」と言われたら「はい」と答えて終わりなのに。そんなことを考えていたら、超時短な返答がわたしの口から飛び出ていた。

でも、脈絡がなさすぎてザイオンには伝わらない。

「…………ん？」

首を傾げ、わたしに何かを促そうとしている。キリッと釣り上がった眉はわたしの前ではへにょりと下がり、『かっこいい』よりも『かわいい』寄りの印象になる。

そのかわいくてキラキラした笑顔には胸キュンだけど、見惚れている場合ではないとわたしは意図的に目を逸らす。

「だから、『はい』ってこと」

「えーと……つまり？」

わかってもらえないのは、ザイオンに理解力がないのではなく、わたしの説明が不十分なせいだ。ゴホンと咳払いをしてから、気を取り直して経緯の説明に取り掛かる。

「……昔、男の人にこっぴどく裏切られたことがあるの。その男は若い体が目当てだっただけで、別にわたしじゃなくてもよかった。わたしに愛を囁くのは、わたしに体を開かせるためだった。だから、ザイオンも似たようなものだと思ってた。わたしの体と――聖女だと知っていたなら聖女の部分が目当てなのだと。絶対に深入りしちゃいけない相手なんだと」

「それは違う、そんなわけ！　僕はミアのことを――」

「うん、もう疑ってないの。……最初は疑ってたけど。ごめん」

ザイオンは話に聞いていたような悪い聖職者じゃなかったし、わたしを傷つけたあの男とも違う。今のわたしにはそれがわかる。

「ザイオンはわたしが聖女だと知っていながら、誰にも明かさずにいてくれた。それがすごく嬉しくて、拍子抜けして……あなたを信じるにはそれで十分だと思えたの。もう一度、今度こそちゃんと、誰かと向き合ってみたい。誰かと愛し合ってみたい。誰かっていうか……――」

指先に触れる。太くて、少しカサついた指だ。それから、見上げた。

「ザイオン。わたし、あなたとずっと一緒にいたいの」

これがわたしの出した答え。言ったそばから恥ずかしさにじわじわと顔が火照り始める。

ザイオンのことだから、素直に「やったー！」と嬉しさ全開で喜んでくれるかと思っていた。

でも、なんとも言えない不思議な顔で、わたしをまじまじと見つめているだけだった。

「それはミア……端的に言うと結婚を承諾してくださる、ということで？」

「そう、です」

（え、どうしよ、「やっぱナシで」とか断られる感じ？）

反応が悪い。……すこぶる。

（うそ、これは「やっぱナシで」来る？　じっくり考えていいとか言ってなかった？　何これ、新手の詐欺!?）

わたしは猛烈な不安に陥った。動悸が激しい。これまでとは違う意味で。

「……う、嬉しくないの？」

わたしはとんでもなく大きな勘違いをしていたのだろうか、と顔が真っ青になる。

が、ザイオンはそんなわたしの心の揺れに気づいてか、慌てて首を振った。

「とんでもない！　嬉しくてたまりませんよ！　嬉しすぎて心臓発作でも起こしそうなくらい、胸がはち切れそうだ。……ありがとうミア。これからの人生、俄然《がぜん》やる気が出てきました！」

ザイオンがわたしを抱きしめた。身長差があるので、毎度のことながらわたしの顔が彼の胸筋に押しつけられるのだけど……これはこれでヨシ。

しかし拘束はすぐに緩む。

「僕が嬉しくなさそうに見えたのは、考え事をしていたからです。ミアが過去を打ち明けてくれたことに報いるため、どうして僕がここまでミアを求めるのか話しておいた方がいいと思いまして」

先ほどのわたしと同じように、ザイオンは咳払いをした。それからゆっくり語り始める。

「八王家の一つ、ラングミュア家に生まれた僕は、野心家で教育熱心な母のもと、皇帝となるべく厳しい教育を受けました。物心つく前から遊びを制限され、勉学に勤《いそ》しみ体を鍛え、言葉遣い、食事、マナー、睡眠時間など生活の全てを管理されました。禁欲的で楽しみのない生活は、子ども心にとても辛い日々でした」

（ザイオン……。大変だったんだね）

フレイアさまのことだ、きっと並々ならぬ期待を一人息子にかけていたのだろうし、努力家で周囲の期待に敏感なザイオンはそんな母君の思いに応えようと必死だったに違いない。

彼の苦労を思うと、わたしも胸が詰まりそうだった。胸の前で両手をぎゅっと握り、言葉の続きを静かに待つ。

「そして僕は辛い日々を少しでも楽しく過ごせるようにと、ある日脳内に架空の人物……つまり、イマジナリーフレンドを作り出しました。正確には、イマジナリーセックスフレンドですが」

かわいそうに。頑張ったんだね——と、わたしはザイオンに同情していた。けど、彼に寄り添いたい気持ちはここで一旦ぷつりと途切れる。

（え、なん……？　今、とんでもない単語が飛び出したような……？）

「ごめんなさい、よく聞き取れなかったみたい。ザイオン、なんて？」

「イマジナリーセックスフレンドです」

「イマジナリー、セッ………」

わたしの耳はザイオンの言葉を正しく聞き取っていたようだ。ただ、その単語があまりにもあんまりだっただけで。

堂々たる態度に圧倒されわたしも復唱しかけたが、詰まった。これ以上は素面《しらふ》ではとても口に出せそうにない。

わたしの硬直を察し、ザイオンが助け舟を出してくれる。

「脳内セフレという意味ですよ」

「いや意味がわからないんじゃなくて！　わからんけども！」

助け舟じゃなかった。わかるけど、わからない。意味の問題ではないのだ。

「要するに、溜まりに溜まった僕の不満は全て性欲へと向かったのです。その結果、己を救済してくれる『イマジナリーセックスフレンド』の存在が脳内に爆誕したわけです」

「ば、ばくたん」

ここは復唱できた。

ザイオンの語りはまるで、民に神の教えでも説いているかのようだった。

イマジナリーセックスフレンド。穏やかに穏やかでない単語を繰り返すので、一周回ってわたしは感心するしかない。

「引きますか？」

引くが、それは単語の禍々《まがまが》しさゆえ。そこに至った経緯については、引く部分は一切見当らない。

「心を保つための苦肉の策として、自分を慰めてくれる架空の存在を作ったのでしょう？　ザイオンにはそうするしか方法がなかったんだもの、悪いこととは思わない。その衝動が外へ向き、誰かに迷惑をかけることを考えたら、ずいぶんと立派だと思う」

ある意味、わたしとザイオンには似通ったところがあると言える。

わたしがかつて既婚者と関係を持ってしまったのは、愛を欲していたからだ。満たされないものを抱え、それを埋めてくれる存在をわたしは外に求めた。一方、ザイオンは内に求めただけ。

わたしだって独身だと騙されていたわけだけど、元カレの奥さまには多大な迷惑をかけた。それに比べたら、自己完結できる方法を編み出したザイオンは偉い。

黒歴史を思い返しているわたしの肩を、ザイオンがガシッと勢いよく掴む。

「そう！　そこです！　かつて僕が弱音を吐いた時も、ミアはそうやって僕を励ましてくれました。ミアの僕を理解しようとする姿勢が、とんでもなく嬉しかった。元々、脳内セフレは僕の理想の女性像です。僕がミアに惹かれたきっかけはミアの造形が脳内セフレにそっくりだったからですが、逢瀬を重ねるうちにミアの深い慈しみの心に触れ、僕はあなたに愛を抱いたのです!!」

「え…………っと、」

(わたしが脳内セフレにそっくり？　理想の女性？　んんん!?)

二の句が継げないわたしに、ザイオンが熱い眼差しを向ける。情熱的で、そしてなんだかいやらしい。

「童顔で小柄、けれど豊満な肉体を持ち、性的なことにすこぶる貪欲。髪と目は僕を吸い込んでくれそうな晦冥《かいめい》の黒。世間一般的には男を惑わせ精を吸い取る『夢魔』に近いかもしれませんが、僕にとっては女神と同義。それが脳内セフレであり、今ではミアただ一人です」

「……それがザイオンの理想なの？」

「はい！」

食い気味に即答した彼は、期待を込めてわたしを見つめた。もしかして、わたしが「嬉しいわ」などと答えるとでも思っているのだろうか。

確かにわたしは瘴気のせいで激しい性衝動に頻繁に悩まされる身の上だけど、そんな体質や体型には劣等感さえ抱いているのに。

(わたしを理想と言ってくれたことは喜ぶべきだとわかるのに、どうしてだろう、すっごく複雑な心境……）

　思ったままの感想を言葉にするのは難しく、わたしはやむなく論点のすり替えを図る。

「エクシラ教の最高指導者が、そんな基準で結婚相手を選んでいいの？　あなたほどの地位にある人こそ、もっとこう、宗教の教義に沿った人を――」

「嫌です。面倒ごとしかない皇帝職を甘んじて受け入れているのに、どうして生涯の伴侶すら己の好みで選ぶことを我慢しなければならないのでしょう？　子どもらしい幼年期も青春を謳《おう》歌《か》することも諦めたのだから、伴侶くらいは自由に選ばせてもらえないと。でなければ僕は今度こそ狂ってしまう」

　再び即答。しかも理由が長いし、怨念めいたものを感じる。

「それに実は僕、こう見えて神を信じていないのです」

「…………」

　もう無理。コメントは諦める。頷くだけの聞き手に回ってしまおう。

「節制だの清い心だの、自分で民に説きながら胡散臭《うさんくさ》い単語だと、いつも感じていたのです。克己《こっき》の大切さは理解しているつもりですが、だから？　誰かに強制されるものではないですよね？」

　つい、誰かに聞き耳を立てられていないか心配になり、わたしはキョロキョロと周囲を窺った。こんな話を聞かれたら、いくら彼でも批判は免れないだろう。

「立場上、神も教義も信じている風を装いはしますけど、実際の僕にはどうでもいいことばかりだ。皇帝としての僕は『よき皇帝』の役柄を演じているだけにすぎず、僕個人は無信心者で、人一倍欲深い男。だからミアが欲しい。ミアでなければ」

なんだか頭が痛くなってきた。胸の上に置いていた手をこめかみに添え直す。頭が重かったので、それを支えるのに使った。

「ご、ごめん。難しくてよくわかんない……」

脳内セフレの話から、わたしが理想だとか、実は無信心者だとか。話が右往左往して、しかもどれもこれも突拍子もない話だから、収拾がつかずわたしはお手上げ状態だった。

でも、逃げの姿勢を見せるわたしをザイオンは咎めたりしない。

「要するに、ミアは僕の理想であり理想以上の存在であり、生涯をかけて大切に慈しみたい唯一無二の女性だということです」

「な、なるほど……？」

（やりすぎなほど綺麗にまとめたじゃん）

皮肉が頭を過《よ》ぎったが、ここで蒸し返したとしてもいいことなんて一つもない。わたしは黙って頷いておいた。

「ミアの優しさは、一度触れると病みつきになります。かつて『僕は皆が思うほど正しい人間ではない』と己のあり方に悩んでいた時も、『己に悩めるあなたは正しい、自信を持て』と僕に勇気を与えてくれました。ミアはご自身が思っているよりもはるかに魅力ある女性です。僕が助けられたように、これからは僕があなたを助け支えたい。どれだけミアが身も心も美しいか、嫌というほど思い知らせて差し上げたい」

ザイオンの言葉を聞いていると、自分が自分で思っているよりもずいぶんできた人間に思えてくるから不思議だ。その評価に見合った自分になりたいと、向上心まで湧いてくる。みんなが彼を慕うのも納得できるほど、心強い言葉。

（いいんだろうか。少しくらいは自惚れても、許してもらえるのだろうか）

「わたし、そんなんじゃない。美しいって、そんな――」

わたしは反射的に否定しようとした。過分な評価を受け入れるにはまだ鍛錬が足りなかったのだ。けれどザイオンはわたしの唇に人差し指を当てて、言葉を遮ってしまう。

「ほら、謙遜しない。謙虚なあなたも愛しいですが……今は少し、黙って」

優しく上を向かされて、微笑んだ顔がゆっくりと近づく。そして、彼の唇とわたしのそれが静かに重なった。

（どうしよう……この人、なんてわたしに甘いんだろう。ザイオンのこと、すごく好きだ。大好きで、愛しい。泣きそう）

キスなんて、今までに幾度となく交わしている。それなのに、このキスは今までとは違った。

キスのあと、彼を見上げた。真剣な眼差しとかち合った。

「……わたしに皇妃が務まると思う？」

ザイオンは自信満々に頷く。

「当たり前です。こんなに不真面目で無信心者の僕でも皇帝が務まっているのですから」

「ふふっ」

おかしくて、つい噴き出してしまった。

不真面目で無信心者。ザイオンの心の内を打ち明けられた今なら、「確かに」とすんなり納得してしまう。

性欲おばけで、絶倫で、頭の中には脳内セフレが住んでいて。……もうその存在はわたしが取って代わってしまったんだっけ。

「僕たち、いい夫婦になれると思うのですが。足りないところを補い合い、認め合い、永遠に成長していける予感がします」

「……頑張るよ」

「ははは、頑張らなくたって。そのままのミアで十分立派ですから」

向かい合って、手を繋いだ。それぞれ緊張しているのか、お互い手のひらが汗ばんでいる。

「ミアを生涯大切にします。あなた以外の人間を抱きません。愛しもしません、愛人も作りません。酒も食事もほどほどにして、自らすすんで健康状態を維持します」

プロポーズは終わった。ザイオンが乞い、わたしはそれを受け入れた。

これは……なんだろう。結婚するにあたっての抱負？　公約？

「ミアの薬師としての仕事は、続けたままでもお辞めになっても結構です。皇妃としての職務もそんなには求めません。旅行がてら全国各地へ視察に行き、億劫《おっくう》な時は一緒にサボりましょう」

「皇族の仕事ってサボれるものなの？」

「おや、僕の仮病の演技力が信じられないとおっしゃる？」

やけに自信家な態度に、わたしの頬は緩みっぱなしだ。楽しい。ザイオンとこうやって語れることを、すでに幸せだと感じている。

夜風は温もりを奪っていくのに、重なった手はずっと温かい。それどころか、頬も熱い。次から次へと熱が無尽蔵に湧いてくる。

「それから、これは最も重要なことです。……毎日必ず、ミアを愛していると言って抱きしめます。朝と夜、寝る前にはキスをして、必ず一緒に寝ます。僕にはミアが必要なのだと、常にあなたに知らしめます」

ここに至るまで、ずいぶんと遠回りをした気がする。もっと早く打ち明けていれば。もっと早く信じていれば。

色々な後悔が駆け巡るが、遠回りをしたおかげで絆《きずな》が深まったと考えたい。

結局は、結果論でしかないのだ。

「僕ならミアの全てを背負えます。遠慮せずおぶさってきてほしい」

堪《こら》え切れず、涙がこぼれた。ありがとう、と言いたいけれど胸が詰まって喋れない。

だから代わりに頷いて、彼の胸に体を預けた。抱きしめる力はささやかで、その思いやりがとても嬉しい。

「ザイオン、大好き」

勇気を出して想いを告げると、わたしの後頭部を撫でる手が止まった。何も言わぬままザイオンが抱擁を中断し、わたしの顔を覗き込む。

「せっかくの化粧が少し崩れてしまいましたね。僕はこれでも美しいと思いますが、ミアとしては会場に戻るのは恥ずかしいかも」

「え、そんなことより……」

化粧崩れよりも、泣いたせいで目が赤くなっているだろう。この顔を誰かに見られたくはないけど、それよりも「好き」と告げたことへの返答がないのが気がかりだった。

ザイオンには迷惑だった？　と不安に襲われそうになるが、すぐに杞憂だと知らされる。

「ミアが落ち着くまで、僕の部屋で休憩しましょう。僕に任せてくだされば、誰にも見つかることなく移動できますから」

「…………わかった」

ニヤリと笑うザイオンに、わたしもニヤリと笑って返す。彼の意図に気づいたからだ。

すぐさまザイオンがわたしを抱き上げた。急な体重移動に肝を冷やしたが、次の瞬間にはさらに驚くことが待っていた。

ここは夜会会場のバルコニー。別の部屋へ移動するには一度会場を抜けなければならない。

ところがザイオンはわたしを抱いたまま柵に乗り、外壁の出っぱりを足がかりにして隣のバルコニーへと乗り移った。

（おおお思ってたのと違うんですけど!?）

「ザイオ……ひえ、ちょ、き、危険なんじゃ……!?」

「大丈夫、掴まっていてください」

筋肉は身体能力を上げるが、それと同時に重さを増やす。だというのに、筋骨隆々のザイオンは軽々と外壁を伝って上の階へと移動した。自重だけでなくわたしの体重も合わさってなかなかの重量になっているだろうに、重さどころか重力を感じさせない動きだった。

三階のバルコニーに着地して、わたしはようやく下ろされた。が、突然の曲芸みたいな移動に巻き込まれたせいで、足腰に力が入らない。

「これはダメですね、もう少し僕が運んで差し上げましょう」

「え!?」

またまたわたしは抱き上げられ、お姫様抱っこのまま運ばれた。

（この人、最初からわたしを下ろす気などなかったのでは……？）

3

初めてやってきた宮殿の最深部、ザイオンの私室。

家具から寝具から何から何まで、白で統一されていた。ところどころに金色の装飾が輝き、部屋の隅には観葉植物が飾ってあるものの、割合でいったら白が九割を占める。

さすがサンセドピア聖国皇帝兼、エクシラ教最高指導者の部屋だ。少しの煩悩も許さない、という気合いが感じられる。

生活感がないどころか、潔癖すぎて魅力的には思えないけれど……。

「どうかしました？」

「ううん。なんだか……立派な部屋すぎて気後れしちゃって」

「はは、僕はもう慣れましたけど、とても殺風景でしょう？　立派かもしれないが、味気なくてつまらない部屋ですよ」

心に抱いたもう一つの感想は、さすがに失礼な気がして口に出さずにしまっておいた。でも、彼も同じことを思っていたみたいだ。

「さて、ミア」

ザイオンがわたしを真っ白なソファに下ろし、その前で跪いた。わたしの太腿の上にお互いの手を重ねる。

「僕はいつも、多大な我慢を強いられています。今日だって、出会ったその場でミアを抱きしめたかった。二人きりのバルコニーで酒を飲み交わし語らいたかった。ミアが初めて僕を好きだとおっしゃった時、嬉しさに任せて叫びたかった」

「叫ぶだなんて、大袈裟な」

「そして今は、肌を触れ合わせたくてたまらない」

落ち着くまで僕の部屋で休憩を……と提案してきたザイオンが、本気でわたしを休憩させてくれるなんて最初から思っていなかった。むしろわたしを落ち着かなくさせようとしている。

ゴクリと喉を鳴らしながら、わたしはすぐに首を振った。

「もう我慢はいらない。わたしもザイオンに近づきたい。ザイオンが欲しい」

瘴気による衝動じゃない。わたしは至って正常で、だからこそ単純に、愛しい彼の近くにいたいと感じているのだ。

ザイオンがわたしに顔を近づけた。わたしも唇を差し出すと、すぐに唇同士が触れ合った。

初々しくお互いを啄《ついば》み、甘いキスを繰り返す。

離れた時に目が合ったが、お互いはにかんでしまう。

「……幸せ」

率直な感想を呟くと、ザイオンが額をくっつけて笑った。

「まだまだこんなの序の口です。これからもっと幸せになりましょう」

そうなったらどれだけいいか。彼が断言するのだから、願望だけで終わらずにきっとそうなる気がしてしまう。

「ただ、悲しいことにこの国は男女の営みにうるさく……できれば、明日のミアのお帰りの際に邪推する輩《やから》が現れぬよう、ドレスは綺麗なまま保っておきたいのですが」

話題が突然ドレスへと飛んだが、要するに、「致しはするが衣類に皺が付かぬよう、どこか安全な場所に保管しておこう」という提案だ。

情熱と勢いに任せ、触れ合いながら脱がせ合えばきっとロマンチックな始まりになっただろう。でも、理性がそれをヨシとしない。

「そうね。……ふふ、わかるけど……だから、まずは真面目に脱いで裸になって、ベッドの上で向かい合って『いざ致す！』ってやればいいわけでしょう？」

ロマンチックとは対極。想像したらなんとも間抜けで滑稽で、自分から口に出しておいて思わず噴き出してしまう。

「簡単に言えば、そういうことです。……ミア、ふざけないで。本当に、もうこれ以上我慢できないのです」

彼がわたしの手を掴み己の股間へと押し当てる。その感触にわたしは言葉を失った。

まさか、こんなに。もう。見事なまでの剛直ぶりに、脳内が混線する。

いつからかは知らないが、ザイオンの体はすでに準備を整えていたのだ。

「僕はすっかりその気なので、これ以上焦《じ》らさないでいただきたい」

「ごめんごめん。大丈夫、わたしだってその気だから」

留め具を外し、引っ掛けたりしないよう丁寧に脱いでから、ソファの背もたれにふわりと載せた。髪がぐしゃぐしゃになるかもしれないから、髪留めも外してテーブルの上に置いておく。

下着姿になったところで、背後にいる彼を振り返った。もしもまだ着替えが終わっていないなら、わたしが手伝おうと思って。

ところが、振り向いた途端ぶつかってわたしはバランスを崩す。

「ひゃっ」

「ハイもういいですね、下着はどうなっても構わないでしょう！」

ぶつかる、というのは正しくなかった。ザイオンに担ぎ上げられたのだ。

お姫さま抱っことはほど遠く、どちらかというと狩りのあとに獲物を担いでいるのに近い。

ザイオンは上半身こそ裸だったものの、いまだトラウザーズを穿《は》いていた。股間を不自然に盛り上がらせたまま、なりふり構わずわたしをベッドへと運ぶ。

仰向けに寝かされた瞬間に丈の短いコルセットは剥ぎ取られ、肌着もスポンと脱がされた。

彼は裸足でベッドに上がり、わたしの股の間を陣取ると、腰の両側の紐を解きショーツまでも奪った。

「あ、の……ザイオン？　あまりジロジロ見られると……」

足を閉じようにも、彼の体が邪魔をしていて閉じられない。

「あっ!?」

ザイオンはわたしの太腿を持ち上げ、左右に大きく開かせた。そんなことをしては付け根が見えてしまうのに……と焦ったが、彼はそこが見たかったのだと悟るのにそう時間はかからなかった。

「なんと……赤い肉がヒクついて、僕を欲しがっているみたいです」

「やだ、ちょっ、見ないで！」

「なんと淫らで美しいんだ。ミアは本当にいやらしい……僕のモノはそれだけ忘れられぬ味だったということですか？」

「待っ……あああっ！」

肉を左右に押し広げ、秘部を明らかにしようとするだけでは飽き足らず、ザイオンは中心に指を沈めていった。彼の言う通り期待と興奮でたっぷり濡れてしまっていたから、長い指はあっという間に根元まで沈んだ。

ビクつくわたしを眺めながら、薄ら笑いとともにザイオンが嬉しそうに呟く。

「はあ、中もとても柔らかい。準備が整っていたのは、僕だけではなかったのですね」

「いやあ、ザ……ザイ、どっ……」

どうして。前戯もまだなのに。これも前戯なのだろうが、もっとキスとか愛撫を繰り返したあとで攻めるべき場所のような。

指が襞を撫でている。抜き差しされ、生じる摩擦に息が上がる。頭の切り替えが追いつかない。

「――あ、もしかして、攻めが性急すぎましたか？　これは失礼いたしました。やはり焦ってはいけませんね。慣らしも必要、と」

わたしが全身くねらせるのを見て、ザイオンがすっと指を抜いた。これはこれで物足りない。

「そうだ、け、――どっ!?　あっ、だ、だか、らっ」

その代わり、彼が顔を脚の間に近づけて、ぬかるんだ場所を一気に舐めた。ゾクゾクとして背中がしなり、意識が飛びそうになった。

「ここ、コリコリしていますね。最初からこんなだった？」

「くああ、っふ、そ、それはああっ」

ザイオンは攻めをやめない。時折ジュッと音を立ててわたしの愛液を吸いながら、舌先でクリトリスを扱《しご》く。

体の中でもごくごく小さな部位なのに、わたしの隅々を観察しわずかな反応も見逃さず、わたしが感じる触り方で何度も何度も執拗《しつよう》に攻めた。

「ねえミア、教えてください。ここ、まるでミアも勃起しているみたいだ。……どうして？」

女性はオーガズムを感じると、クリトリスが充血する。彼も知っているはずなのに、わざとわたしの口から答えを言わせようとしている。

その一方で、わたしに質問をするわりに、彼は攻めることをやめない。思考がまとまるよりも先にザイオンがわたしの好《よ》いところを攻め、絶えず翻弄してくるので、彼の問いに答える余裕が生まれない。

「おや、乳首の先も立っていますね。まるで僕に触られたがっているみたいだ」

「ん、んんんっ！」

下に口づけ舌で弄《もてあそ》びながら、ザイオンは手を伸ばしわたしの胸の頂《いただき》を弾いた。

たまらず全身が反応する。電撃を浴びたみたいに、体が無意識に跳ねた。

苦しいのに、もっと欲しくて辛い。手を止めてわたしを休ませてほしいのに、ずっと触れていてほしい。

そんなことで頭がいっぱいで、シーツを握りしめながらわたしはただひたすらに喘《あえ》いだ。

「ほら、こうなった理由を白状しなければ、いつまでも苦しむことになりますよ？」

「ザ、ザイっ、ザイオンが！　あなたがっ」

彼の舌が、わたしの膣に侵入する。奥まで届く長さはないので、入り口をぞわぞわと撫でるだけだ。優しい刺激がもどかしく、物足りなくて腰が揺れた。

「僕が……なんでしょう？」

「ザイオンが、わたしを攻め、攻めるから、それで——あっ」

深淵《しんえん》から衝動が湧き上がってくる。力が入り、汗がじわりと全身に滲んだ。

「ザイオ、だめ、イきそ……く、イく、イくっ！」

ほんのわずかな大きさの、豆粒よりも小さいはずのクリトリス。しかしそこから脳に伝達される快感物質はおびただしいほどの量だった。

その上ザイオンは口淫が巧みだ。わたしのしてほしいように、わたしの欲しいものを潤沢に与えてくれる。

これで絶頂に達しないならおかしい。絶対にイく。すぐにイく。

彼の頭に縋り付くように手を這《は》わせる。達する瞬間、己を制御することができず、金色の頭を股間に押し付けてしまった。愛液は洪水のように溢れ、きっと彼も息が苦しかったことだろう。にもかかわらずわたしにされるがままとなり、波が収まるまで身を任せてくれた。

「……ザイオン」

「素晴らしい」

先に達してしまったことを謝罪しようと思ったのに、目を爛々《らんらん》と輝かせ彼はわたしを称賛した。

「味も、粘度も、香りも、仕草も……何もかも。その恥じらう表情でさえ、完璧です！　エクシラ教の教えなどクソ食らえだ、性欲のどこが悪いのか。性欲は子孫繁栄に直結し、ストレス解消、運動不足解消にもいい。頭だってスッキリする。素晴らしい命の輝きを秘めているというのにっ！」

……その称賛はわたしだけに向いているわけではなさそうだ。

一人で何らかの気づきを得ているザイオンを放ったまま、わたしはのっそりと起き上がった。彼のバックルに手をかけて、ベルトを抜いてトラウザーズの留め具を外す。

「……ミア？」

衣服の中で苦しそうに横へ伸びていたザイオンの肉棒は、わたしが周辺を緩めたおかげで背筋を正すように本来のあるべき場所へと戻っていった。

下穿きごしに、その全長を指でゆっくりと撫でる。太く、長く、反り返ったザイオンの陰茎。

これをわたしに嵌めるところを想像したら、自《おの》ずとつうっと愛液が垂れた。

臍近くにある紐を解き、下穿きも脱がしにかかる。

ザイオンは抵抗せず、わたしがしようとしていることを期待に満ちた眼差しで眺め、見守ってくれている。

わたしは俄然やる気になって、現れた赤黒い剛直の、傘部分にそっと触れた。ぬるりとして、彼もわたしと同じようにたくさんの涎《よだれ》を垂らしていたことを知る。

「ふ……っ」

そして、その小さな刺激だけでザイオンが色気たっぷりの吐息を漏らした。

それが妙に嬉しくて、いつも以上に奉仕したくてたまらなくなった。さっき一度イカせてもらったことだし、そのお返しだ。

「ザイオン、……いい？」

「い、い、いいって……、何がですか!?」

声がうわずっていた。この後わたしがどういう行動に出るか、彼は絶対に察している。予想が外れた場合に気落ちしないため、予防線を張っているのだ。

わたしは四つん這いになり、ベッドの上に座る彼の股間に顔を近づけた。

独特の香り。女を惹きつけるフェロモンの香りだというが、まんまとわたしも惹かれてしまう。そして根元を固定して、大きく口を開き――。

「あっ、ミア――」

……一度に咥えてしまうなんて勿体無い。舌を突き出し裏筋にまっすぐに這わせ、付け根にちゅっとキスを落とした。陰嚢《いんのう》の表皮がキュッと縮み、彼が感じたのだと悟る。

棒と袋の境をペロペロと舐めながら見上げると、熱が篭もり潤んだ瞳でわたしの一挙手一投足をじっと観察する彼と目が合った。

大丈夫、もっと気持ちよくしてあげるから。そんな慈しみを込めながら、ニコッと微笑んでみせる。

唇で竿《さお》に吸い付いたまま、先端へと移動する。誘うように尿道口をチロチロ舐めると、すぐに露が現れた。わざと唇を離して糸を引く様を見せつけたり、舌を伸ばしカリ部分をグルリと撫でてみたりする。その度にザイオンが反応し、吐息を震わせ気持ちよさそうな声を漏らすので、次第に楽しくなってきた。

「ザイオン……すごく、おいひい」

つるつるな亀頭の感触も、カリと竿の段差も。歯を立てないよう、丁寧に彼を堪能する。口の中で転がしてみたかったが規格外のサイズのため叶わず、その代わり舌を使ってさまざまなアプローチを試みた。

「ああ、ミア……っ、そ、そんなに、僕の……僕の我慢を試すような……っ、」

「試してない。……我慢しないで、いいんだよ」

(出したければ出して。わたしのどこに出してもいい。口の中でも、顔でも、体でも)

ザイオンはいつだって、わたしが気持ちよくなるような営みを心がけてくれた。彼だって射精していたからそれなりに気持ちよかったのだろうが、優先されていたのはいつもわたし。だから今日くらいはザイオンの好きなように振る舞ってほしかった。

「っ!?　ザイオン……あふ!?」

しかし、彼は己が受動的でいることをよしとしなかった。

口淫を受けながら、わたしの下半身に手を伸ばしたのだ。

「あれ、ミア？　こんなところまで愛液が垂れていますよ？　まさか、僕のものを咥えながらあなたも感じていたのですか？」

四つん這いで尻を上げた体勢だったのが裏目に出た。わたしから溢れた愛液は、内腿を伝い膝の近くにまで到達していた。気づいてはいたが、拭うものもなかったのでそのままにしていたのを、彼に目ざとく見つけられてしまった。

「ミアの中に入りたい。ミアと繋がりたい」

ドキンと心臓が高鳴った。わたしも同じ気持ちだったから。

でも、一回目だけはわたしの口でイカせたかった。わたしが口でイカされたように。

「口じゃつまらない？　気持ちよくなかった？」

上目遣いで悲しそうに尋ねると、ザイオンは目を丸くした。身振り手振りを大袈裟に交え、大慌てで否定する。

「とんってもない、大変楽しいです、気持ちいいです!!　これももちろんいいのですが、……こんな破廉恥な……世間的には不道徳で、禁忌とされるような行為をあなたに強いるなんてっ」

強いられてやっているわけではない。自らすすんでわたしは口に含んでいるのだが。

彼の中にも矛盾した部分があるのだろう。皇帝であり聖職者でもある彼の立場を考えれば、葛藤が生じるのも理解はする。理解だけは。

「ザイオンは嫌なの？」

「好きです！」

しかしこうやって間髪いれずに答えるあたり、正直でヨシ。

わたしはすっかり安心し、再び口に亀頭を迎え入れた。舌に乗せ、喉に突っ込み、口蓋と舌の奥で押しつぶすように圧力をかける。

「あっ、ミア、なんと、そ、そんっ、は、」

気持ちよさそうに喘ぎながら、ザイオンも負けじとわたしの中に指を入れ、ぐじゅぐじゅにかき混ぜてくる。

「んふ!?」

わたしの方が体格的に負けているため、逃げようにも逃げられない。がしかし、彼がイくまでやめたくない。こうなったら意地である。

「ミア……っお願いです、このままだと、あなたの口の中に……ッ！」

「いいよ。ふ、……出《らひ》して」

何が何でも口で搾り取りたかった。ザイオンの興奮が高まり、性器の膨張が一段と増してきたことがわかる。きっとあともう少しだ。

顎が外れそうで辛いが、絶対にここで諦めたくない！　――と、謎の意地がわたしの行動を後押しする。

「娼婦でさえもこんな……っこんな！」

フェラチオも口内射精も、前の世界ではそんなにアブノーマルなプレイではなかったのに、こちらの世界ではしっかりアブノーマルに分類されるらしい。らしい、というのは、誰かとプレイ内容について談義を重ねたことがないからだ。

もしかしたら体位にも縛りがあったりするのだろうか。たとえば、後背位は獣を連想させるからダメだとか。

いやいや、エクシラ教の最高指導者が大好きな体位なのだ、ダメなことがあるものか。

「ミア、もう、……我慢できな……すっすみませ」

「ん」

「ミア、ミア、……ィく!!」

「――っ！」

後頭部を押しつけられた。喉の奥に亀頭が入り込み、苦しさに息ができない。まもなくビクビクと揺れながら、ザイオンが吐精する。

奥の方へ吐き出されたので、ほぼ自動的に飲み込んだ。あまり美味しくないはずなのに、愛しい相手のものだというだけで美味しく感じられるから不思議だ。

何度かに分けて吐き出し終えると、彼の手が緩み、わたしはようやく解放された。

「つはあ、……はあ。ミア、すみません……ああ、なんと、涙目になって……！」

苦しかったが、それよりもザイオンをイカせた達成感の方が大きい。

絶倫の彼にとっては数ある射撃のうちの一発なのだろうが、わたしにとっては忘れ難い一発となった。

申し訳なさそうに何度も繰り返し謝る彼に、わたしは興味津々に尋ねる。

「ザイオンは気持ちよかった？」

「気持ちよかったです！」

即答。キリッとした逞しい表情と、身を委《ゆだ》ねたくなる低い声。それだけでわたしは満足だ。

……厳密に言えば、口では満足できたので、次は全身で満足したい。

「今度こそあなたと繋がりたいな。わたしの我儘、聞いてくれる？」

「僕も同じことを思っていました。我儘なんてとんでもない、僕らの総意ですから」

ザイオンの返答を聞き、安心してわたしは彼に背を向けた。膝と手をベッドにつき、頭を低くして腰を突き出しながら、背後に目配せをする。

「ザイオン……来て」

わたしのお尻をチラ見して、ほうっとため息を吐くザイオン。

「なんてことだ……そんな破廉恥な体位をねだるなんて、ミアは本当にかわいすぎる」

彼はわたしに覆いかぶさるようにしながら、一度達したのに変わらない硬度を維持している剛茎を、わたしの窪《くぼ》みへと嵌め込む。

「あ、あ……」

何かを解消させるためのやむを得ない交じり合いではない。お互いの気持ちを確認し合うための、愛のある交じり合い。

気持ちいい。お互いにこれ以上ないほど濡れているのに、スッと入らないのはサイズが噛み合っていないから。だが、それがいい。ギリギリの孔にギリギリの棒だからこそ、摩擦が生じ快楽を得られるのだ。

全て収め切ったあと、ザイオンがわたしを見下ろし呟く。

「はぁ、ミア……綺麗なお尻と背中だ。この曲線とむちむちの張りが本当に本っ当に最高。以前減量中だとおっしゃっていましたが、現在がすでに黄金比なのですから、減量など即時中止していただきたい。いいですね、ご承知おきくださいね？　ああ、ミアの中も温かくてとても窮屈で……気持ちがいい」

「あうぅ……ザイオン、」

ザイオンが腰を引き、一気にずんと突く。襞を陰茎が擦り、悶えた。それをきっかけに、淀《よど》みのない抽送が開始される。

でも、その速度はいつもより心なしかゆるやかだ。

「はぁ、ミア……なんていい眺めなんだ……かわいい……ミア、あなたへの愛が溢れて止まらないっ」

体が揺れ、視界も揺れる。わたしは目を瞑り快楽に浸った。

「今日はあと何回をご所望なさいますか？」

わたしの背中に腹をぴとりとつけ、耳元でザイオンが囁いた。わざわざ尋ねるということはつまり『もう打ち止め』という瞬間が絶倫の彼には来ないということ。恐ろしくもあり、素晴らしくもあり。

でも、わたしも人のことをとやかく言える立場ではない。

「何回でも。時間が許す、限りっ」

性欲旺盛なこの性質は瘴気によるものだ、と理由づけることもできる。けど、もしかしたらもともとわたしも彼と同じく絶倫だったのでは？　と思うことがしばしばある。

聖女であろうがなかろうが、わたしはザイオンの同類。絶倫。

（まあいいか。好きな人と相性がピッタリってことだし。ヨシ！　って感じで）

わたしの顔の横に置かれた手に縋り付くと、ザイオンが指を絡めてくれた。忙《せわ》しなく組み合わせ、離れないようにぎゅっと握る。

「やはりミアとは身も心も合います。あなた以上の人はいない。愛しています」

「わたしも同じ気持ち。……はぁ、んんっ」

　好意を表現でき、相手からも同じ想いを返してもらえる関係がこんなに幸せだなんて。「愛している」という言葉、ザイオンのものでなければきっと信じられなかった。こんなに満たされた気持ちも、ザイオンと出会わなかったら味わえないままだっただろう。

　首を捻り、キスをしながら愛しい相手と熱を交わす。気持ちよさに目を瞑ってしまうが、彼は大抵、わたしに熱い眼差しを向けている。

　その視線はまるで、愛している、あなただけだとわたしに語りかけてくれているようで、もっと見ていてほしくなる。

「ザイオン。……愛してる」

「僕もです。ミアを心から愛しています。狂おしいほど、死にそうなくらいに」

「生きてよ」

　笑い合って、合間にキスをして。穏やかなセックスも案外いいな、と新たな気づきを得た夜だった。

4

　その後わたしたちは朝日が昇るまで飽きることなく絡まり続けた。眠気に苛《さいな》まれる気配すらなく、ずっと。

お開きになったのも、時間の都合上。体力も性欲も恐るべきことに底知らずで、終了というより中断に近い。

汗やら汁やらでベタベタのまま服を着るのは憚《はばか》られた。だからザイオンの厚意により、一緒に風呂をいただくことになった。

さすが皇帝なだけあって、彼の私室に備え付けられている浴槽には澄んだ湯——水ではなく温かい湯——が常に張られており、いつでも望んだ時にはすぐに湯浴みができるそうだ。

髪を高い位置で結び、軽く体を流したあと、大きな湯船にともに浸かった。正面には、はあーとひと息つくザイオン。

「お体の方、痛いところはありませんか？」

わたしは目を閉じ首を振った。

「全然！　普段よりも元気。……なんてね」

「はは、それはよかった」

大きな口から白い歯を覗かせて笑う。その眩しさにうっとりする。

「ザイオンは本当にわたしでいいの？　わたしはただの薬師で、本来ならあなたとこんなことしていていい身分じゃないのに」

「今更それを言いますか？　さっきまであんなに愛し合っていたのに」

ちゃぷんと湯が揺れた。いくつもの波紋を重ねながら、彼がわたしに密着する。

入浴中のキスは、ベッドの上とはまた違った。濡れているが、体液とは違ってサラサラの湯、蒸気。

「だってわたしたち、結婚するんでしょう？　平民のわたしが皇妃になるとか……有り得なくない？」

ザイオンほど魅力に溢れ、国民に愛される皇帝はいない。部下の采配も上手く、皇帝になるべくしてなったような人物――というのがわたしを含めた国民の大多数の印象なのに。

湯の中で彼がわたしの手を握った。大きな手のひらに包まれる。

「有り得ないことではありません。ミアが気にすることでもないです。僕は誰かに見られる部分しか取り繕っていませんので、非常に不真面目な皇帝なのです。執務時間の大半はいやらしいことを考えていますし」

「いやらしいこと？」

わたしは反射的に尋ねた。

「最近は主にミアのことですね。素肌に直接鎧を着せたり、メイド服の下をノーパンにしたり、僕のマントだけを羽織らせてみたり……そういうことを常日頃から妄想しています」

「ザイオンってほんとにブレないよね……」

呆れやドン引きを通り越し、わたしは感心した。

ザイオンのストレス解消法・軽減法は、もはや達人の域だ。他人に当たり散らしたり、不機嫌さを露わにしたりする人も多いのに、ザイオンときたら完全に自分で消化させる術《すべ》を会得しているのだ。

「それは……褒めてくださっている、と捉えてよろしいのでしょうか？」

「そうよ、すごいなって思って。あなたの脳内でわたしがどんなことになっているかは置いておいて、誰にも迷惑をかけないところが素晴らしいよね」

笑いながら湯船の中で体勢を変え、彼の胸筋に背中を預けた。背後からきゅっと抱きしめられ、耳元でため息が聞こえる。

「とんでもない。どんな姿を曝け出そうとも肯定してくださるミアの方が、僕にはとても素晴らしい存在です。それと……すみません、また勃起してしまいました」

また？　とわたしは失笑する。

「ある意味便利な体だよね」

世の中の男性は一度か二度の射精で充填が必要となるのに、彼の体はどうなっているのだろうか。

「でも今日はさすがに時間切れだ」

「体力切れじゃないところがザイオンらしいじゃん」

いっそ尊敬すらしてしまう。性欲に漲っているからこそ、皇帝としても頼もしくいられるのだろうか。知らんけど。

「まだまだこれから先、機会ならたくさんありますからね。あなたを妻として迎え入れれば、それこそ今日のようにコソコソしなくても堂々とできる日がやってくる」

「そうね」

（妻、か……）

これから自分がどうなっていくのか、不安がないと言えば嘘になる。でも、ザイオンがザイオンでいてくれる限り、案外大丈夫な気もしている。

「目隠しプレイも、拘束プレイも、なりきりなんてのもいいですね。青姦にも興味があるのですが、今度ご一緒にいかがです？」

「青姦はちょっと。見つかった時の社会的損失が半端ないでしょ」

「そうでしょうか」

「そうでしょうよ」

青姦はダメ。絶対に。

髪を結い直しドレスを纏い、自宅へ帰る馬車に乗ったのは早朝。太陽の光はまだ弱いものの、昼間と遜色ないくらい明るくなってからだ。

朝帰り、という時点でわたしが一晩皇城にいたことは誰の目にも明白。できるだけ目立たないよう早い時間を狙ったけれど、それでも数人にはザイオンと歩くところを目撃されてしまった。

「エゼキエル陛下に変な噂が流れないとよいのですが」

国民の模範となるべき存在であるにもかかわらず、女を連れ込み婚前交渉に励んでいた、など。真実だが、噂されるのは彼にとって好ましくないだろう。

しかしザイオンは堂々としたものだ。

「問題ない。私がそなたを引き留め、二人語り明かしただけだろう？　一体誰が責められようか」

（語り明かした……そうね、体でね）

御者や衛兵が近くにいたため、ザイオンは言葉を取り繕った。それを見越し、わたしも敬語を使い「陛下」と呼んだのだけど。

わたしを馬車の座席に座らせて、扉を閉める前にザイオンが問う。

「ミア、最終確認をさせてくれ。わたしの妻にという話……前向きに考えてくれている、と捉えていいだろうか？」

すでに確定していることを、ここであえて再び聞く理由。それは、わたしへの配慮だ。

いくら昨夜、間違いが起こらなかったと主張しても——実際たくさん起こったけど——未婚の男女が同じ部屋で夜通し過ごしたのだから、邪推する輩《やから》が現れてもおかしくない。その時にわたしが単なる『未婚の女』であるよりも『皇帝陛下が想いを寄せる相手』であった方が、印象が格段によくなる――と、ザイオンは考えたのだろう。

彼の台詞は周囲にいた使用人たちにも聞こえただろうが、彼の顔はわたしにしか見えない。微笑みを携えた、柔和な顔だった。皇帝を演じている時とは違う、わたしだけに向けてくれる無防備な表情だ。

彼を眺めていたら、昨夜の幸せな気持ちが胸の中に再燃した。

好きだと言えたこと。素直になって気持ちを曝け出し、彼と想いを交わすことができたこと。――至福の時間だった。「ええ。謹んでお受けいたします」

「……よかった。では、また数日中に。これから忙しくなるだろうが、耐えてくれるか？」

「もちろん」

わたしが答えると、ザイオンは頷きわたしの手の甲にキスを落とした。可能ならば唇と唇で熱烈なキスを交わしたいだろうに、こうやって公私混同せずきっちり使い分けているあたり、さすがだと思ってしまう。

「ミア。……愛している」

まだ何の公的な関係にもないわたしたち。その言葉をかけるだけで精一杯ということもわかる。

ありがとう。わたしもです。そんな気持ちを込め、ザイオンに微笑んだ。

馬車が動き出した。窓から見えるザイオンの姿は小さくなり、そしてやがて見えなくなる。

父はわたしに聖職者には近づくなと忠告した。にもかかわらずわたしはザイオンと関係を持ち、近い将来妻になる。

そんなわたしの決断と選択を、父はどう思うだろうか。怒るのか、呆れるのか。

(……そんなことないか。「おめでとう」と、心から喜んでくれるよね)

父が望んだのは、苦しむ聖女を生まないこと。わたしは聖職者とくっついてしまったわけだけど、この現状に全く苦しんでおらず、むしろ幸せでいっぱいなのだ。

信じられる相手ができた。愛し合える相手ができた。理解し合い、助け合える相手ができた――。

「大丈夫だよ、お父さん。ザイオンと一緒ならわたしはずっと幸せだから」

朝日に煌めく湖を眺め、わたしはぽつりと呟いた。

その後のお話　性格の不一致と性の一致

1

サンセドピア聖国皇帝エゼキエル・ラングミュアが婚約を発表して一ヶ月。三ヶ月後の婚約式に向け、国内は大いに盛り上がっていた。

ところがここに一人だけ、ひどく盛り下がったままの女性がいた。

（楽しくない。ぜんっぜん、楽しくないわ）

玄関ホールに生けてある花を眺めながら、仏頂面で腕組みしているのはリリム・エリゴールだ。

華奢で、髪も肌も瞳も全体的に淡い色。サンセドピアでは間違いなく美人と持て囃《はや》されるリリムが、今日は肩を怒らせて口をへの字に曲げ、全身で不機嫌さを表していた。

上階からは階段を下りる靴の音。それとともにメイドの雑談が聞こえてくる。

「聞いた？　エゼキエル陛下の婚約者さまの話。薬師の先生なんですって。手の施しようがなかった母君のご病気を治療してくださったとかで、その縁でお近づきになったそうよ」

「やっぱり貴族のお血筋の方かしら？」

「お父上は皇城の前薬室長、お母上のご実家はどこかの貴族だそうだけど、とりわけお金持ちでも由緒ある家ってわけでもないみたい」

「じゃあ、陛下の心を射止めるほどの美貌の持ち主だったり？」

「それも違うらしいのよ～。小柄でぽっちゃりしてて、そこそこかわいいけど美人っていうわけでは……。その代わり、薬師としてはとても優秀なんだそうよ。おまけに、血筋を補ってあまりあるほどの人脈をお持ちなんですって。薬師として腕もいいから全国にお客がいるとかなんとか」

メイドの話題はまさに今、リリムが不機嫌になっている原因でもあった。

つまり、エゼキエルが婚約したことだ。その相手が良家の出身でもなく大した財も美しさもない女だというから、リリムはなおさら立腹しているのだ。

二十九歳のエゼキエルと、二十一歳のリリム。

リリムは八王家の一つ、ウィーデマン家当主の姪だ。エリゴール家も百年続く貴族だから、皇妃となる資格は十分に持ち合わせていたはずだ。

家柄だけでなく十分すぎるほどの美貌もあった。

サンセドピアで『美女』と称される長身・華奢・色白の要件を完璧に満たし、形のいい目・

鼻・口のパーツが全てバランスよく配置された顔。リリムを見て不細工だと感じる人間はこの国には一人としていない――というのは、本人の驕りではなく事実だろう。

しかしそれでも皇帝の妃には選ばれなかったのである。

妃となるのは自分しかいない、とリリムは疑っていなかったし、周囲もそれを期待し、またエゼキエルとの関係もすこぶる良好だったはず。だから余計に憤慨したのだ。

皇帝が薬師の女性を妃に望んだ理由について、メイドが独自に考察する。

「てことは……陛下はその薬師さまの内面に魅力をお感じになったというわけ？」

内面。その言葉にリリムの眉が痙攣《けいれん》を起こす。しかしメイドは話を止めない。

「は～……さすがエゼキエル聖下。外見に惑わされることなく、内面の美しさに目を向け、お妃さまをお選びになったと。……やっぱり出来たお方だわ」

「そうよね、てっきりうちのリリムさまを妃にお据えになるのかと思っていたけれど、リリムさまがお持ちなのは見た目と家柄だけだものね」

（はあ!?　ふざけんじゃないわよ、わたくしには見た目と家柄だけ？　内面がダメだとでも？どこがダメなのよ、一億歩譲って微々たる問題があったとしても、それを補って余りあるほどの美貌を備えているじゃないのよっ!!　聖下も聖下だわ、その目は節穴かってーの！　わたくしの価値がわからないなんて、きっと聖下のイチモツもさぞかし小さくていらっしゃるんでしょーね!!）

盗み聞きが褒められたことではないことくらい、リリムも承知していた。だから心の中限定で、下品な罵詈雑言《ばりぞうごん》を吐いた。

ただ、そういうところが彼女のダメな部分なのだが。

靴の音が近くなった。今すぐどこかへ去らなければ、リリムが立ち聞きしていたことがメイドにバレてしまう。

しかしリリムはがんとして動かない。

「昔からリリムさまってえげつなかったわよね。先月も、お皿を割った責任を取ってやめていったメイドがいたでしょう？　実はあれ、リリムさまがあの子を解雇させるために罪をなすりつけたっていう話じゃないの。陛下に選ばれなかったから、それできっと腹いせに——あ」

階段を下り、振り返ったところでメイドはリリムの存在に気づいた。

「…………そっ、そうだったわ、洗濯物を取り込まなくては〜っ」

雑談などしていなかったかのように、リリムから目を逸らし回れ右して外へ出ようとする。

(今更取り繕ったって無駄。全部聞こえたわよ。ふざけんじゃないわよ！)

「ナキア。最近体調でも悪いの？」

リリムがメイドの背に声をかけた。立ち聞きしていたことなどおくびにも出さず、両手を胸の前で組み、眉を寄せて本当に心の底から心配している風を装って。

ビクリと肩を震わせて、ナキアはゆっくりと振り向いた。顔面蒼白《そうはく》なのは、己への沙汰をすでに予期しているからだろう。

「いっいえ、そんなことは……あの、げ、元気に働かせていただいておりますっ」

「書斎の掃除はナキアの担当でしょう？　先日お父さまが書斎の埃っぽさにお困りだったのよね。働き者で頑張り屋さんのナキアが、故意に手を抜くわけがない。となれば、あなたの体調が悪いのではないかと心配するのも当然ではないかしら？」

「私が手を抜くなど、決して……っ、い、いえ、申し訳ございません……」

深々と謝罪すると、「いいのよ、顔を上げて」と柔らかな声が頭上に降ってくる。が、リリムが許すはずがないことは過去の例から明白だった。

「体調が悪いのなら、ご実家に戻って静養なさったらいかがかしら」

「それは困ります！　実家にはまだ幼い弟たちがいて、私の仕送りがなくなれば――」

「大丈夫よ、この屋敷の人手は足りているし、足りなければ新たに雇えばいいことだもの。あなたは自分の体のことだけを心配したらいいわ。あなたの口から言いにくければ、わたくしからお父さまに伝えておくから」

親身になっているように聞こえるが、リリムは悪意に満ちていた。このメイドを『敵』とみなし、辞めさせようとしているのだ。

ナキアの謝罪を無視し、その足でリリムは父親の部屋を訪ねた。ナキアの体調を心配し、彼女を実家に帰らせてあげてほしいと頼み込み、そしてその頼みは娘の腹黒さを知らない父親に

（いい気味よ、どいつもこいつもわたくしを蔑《ないがし》ろにして。決して許されることではないわ、その報いを受けなさい。わたくしを軽んじるメイドも、わたくしを選ばない愚かな男も。そして何より、わたくしが収まるはずの場所を奪った下賤《げせん》な薬師も！　みんなみんな、まとめて不幸になればいいのよ!!）

受理された。

貴族の家の一人娘として生まれたリリムは、幼い頃から何不自由なく育った。

己の希望が通らないことは稀《まれ》で、己の我儘は周囲が叶えてくれて当然。リリムのお願いを「我儘だ」と窘める者がいようものなら、怒ったり泣いたり強い者にかけ合ったりして何としてでも周囲を従わせてきた。

有体に言えば、リリムは非常に傲慢で、非常に性格が悪いのだ。

「そんなにプリプリしていては、せっかくの美人が台無しだよ」

私室に戻ろうと廊下を歩いていたところ、馴れ馴れしい声にリリムは立ち止まった。声の主は、彼女の従兄弟《いとこ》のメレディスだ。

メレディス・ウィーデマンの父親は、ウィーデマン家当主にしてリリムの母の兄である。住む地域が違えども、中央領にあるリリムの屋敷へメレディスはしばしば遊びに訪れていた。だからリリムとも仲がよかった。

今回もメレディスは皇城に用のあった父親に随行し、中央領までやってきた。そして、父親が皇城で所用をこなしている間の暇つぶしに、エリゴール邸に足を運んだのだった。

頬筋の凝りをほぐすように、リリムは口角をニッと上げる。

「プリプリ……とは、まさかわたくしが腹を立てているとでも？　うふふ、メレディスの誤解よぉ」

メレディスは廊下の壁にもたれかかって腕を組み、リリムに微笑みを返す。

「誤解であればいいのだけど。狙っていた皇妃の座を格下の女に奪われて、さぞかし傷ついているのかと思ったけど……違うのかい？」

リリムの本性は誉められたものではないが、メレディスも同類だった。

ウィーデマン家の直系といえど、四男。後継となれる可能性は低い。

そのせいで己の価値や存在理由を見失い、家の財力をあてにして放蕩《ほうとう》生活を送っていた。

要するに、彼もリリムと同じように甘ったれで我儘なのだ。

リリムはわざとしおらしく答える。

「まさか。わたくしが皇妃になろうとしたことなど一度もないわ。わたくしは身の程知らずな夢を見たりしませんことよ。聖下のお相手の女性も、聖下がお選びになられたのだからきっと立派なお方なのでしょう」

（メレディスのあほんだら。思ってもいないことを口に出す苦痛を知らないの？　無駄な苦痛をこのわたくしに味わわせるなんて、あなたが従兄弟でなかったら、ゴロツキでも雇って襲わせていたところよ！）

心にもないことを口にしたせいで、リリムは吐き気を催していた。とにかく早く帰ってくれないかしら、と適当にあしらおうとしているのに、鈍感なメレディスはリリムの手を取りその白い甲にキスを落とした。

「俺はリリムなら皇妃になれると思っていたけどね。これだけ美しい女性を、欲しがらない男がいるかい？　絶世の美女といえば誰だってまずリリムを思い浮かべるのに。その美女を抱く贅沢《ぜいたく》をみすみす手放すだなんて、陛下は本当に勿体無いことをしたよね」

（……なかなかいいことを言うじゃない。ほんの少しだけ見直してあげてもよくてよ？）

嬉しさに緩みそうになる口元をヒクつかせながら、リリムは目を伏せ神妙に告げる。

「エゼキエル聖下は国民の模範となるお方。美しさに釣られ鼻の下を伸ばすことなどなさらない。わたくしがいくら勇気を出してお誘いしても、断られたのは残念だけど」

（だから女慣れしていない童貞は嫌いなのよ。セックスが下手でも我慢してあげるって言っているのに、わたくしの優しさを無下にするなんて。なぜか庭園も出禁にされたし）

リリムはエゼキエルのことを完全に誤解していた。

リリムから散歩に誘われても、夜会への招待を受けても、エゼキエルが断り続けていた理由。それは彼が奥手な童貞だからではない。エクシラ教の教えを遵守しようとしていたからでもない。

単に、リリムのことを恋愛対象、あるいは性的対象として見ていなかったからだ。

エゼキエルは童貞を捨てて久しいし――素人童貞、という意味ではつい最近まで童貞だったが――体位や技の経験・知識もリリムよりはるかに豊富。

実はリリムにも婚前交渉の経験があったが、エゼキエルとは比較できないくらい薄い内容でしかない。

体位は正常位のみ、前戯といえば顔や上半身へのキスとハグと表皮を撫でることくらい。性器を咥えることはもちろん、指を入れたり扱いたりということは、聞いたことすらない未知の領域。

性交渉は子を作るための行為であり、楽しむためのものではない――というエクシラ教の教えが彼女の中に根付いていたため、たとえ婚前交渉といえどエゼキエルとは違い淡白な行為しかしたことがなかったのだ。

対するエゼキエルはというと、正常位はもちろんのこと、対面座位も後背位も、立位も側位もお手のもの。ちなみに、エゼキエルが最も好む体位は後背位だ。女性の尻が眺められる点がいたく気に入っている。

そういうわけで、たとえリリムにエゼキエルと交わる機会があったとしても、彼女では彼を虜にすることはおろか、満足させることすらできなかっただろう。

だが、リリムたちは真実を知らない。

「エゼキエル陛下は崇高なお方だからねえ。俺や、君とは違ってね」

宗教的にこの三人の中で最も破門に近いのは、疑う余地なくエゼキエルだ。彼らはそれを知らないし、思ってもいないというだけで。演技派皇帝エゼキエルの大勝利である。

「わた……っ、」

言いかけたのをやめ、リリムはすぐそばにあった已の私室にメレディスを引っ張り込んだ。廊下で会話を続けていては、誰に聞かれるかわからないからだ。

「まあ、いいわ。そういうことよ。メレディスだから白状するけれど、エゼキエル聖下が出来すぎなのよ。わたくしたちとは違う」

「お、ようやく正直になった」

二人きりになったからか、メレディスが距離を詰める。リリムの腰を抱き体を密着させ、顎に指を当て彼女の視線を自分へと向けさせた。

「でもメレディス、みんな同じようなものではなくて？　お金が欲しい、地位が欲しい、チヤホヤされたい、楽しみたい。誰しも思うことでしょう？　皇妃になれば国中から羨望の眼差しを集められる。『聖帝』とまで評される男の妻よ？　どれだけ優越感に浸れることか……喉から手が出るほどわたくしはその座が欲しかったのに！」

悔しさに顔を歪《ゆが》ませるリリムを、メレディスが薄笑いを浮かべながら見つめている。

「うわあ、醜い。醜くて、美しい」

ジロリとメレディスを睨みつける。

「どういう意味よ？」

『醜い』と『美しい』――相反する形容詞だ。その両方が己に当てはまるなど。そもそも、『醜い』なんて、生まれてこのかたリリムには縁のなかった言葉である。

「リリムが俺と瓜二つだということを喜んでいるんだよ。穢《けが》れを知らないように見えて、身も心も欲望にまみれたリリムのこと、心の底から愛おしく思うよ」

メレディスの指が動き始めた。リリムの喉元を通り、服の上から胸の間をつう、となぞる。臍のあたりに到達したら、反転させて胸の頂をくすぐった。

穏やかでない動きに、リリムは眉間に皺を寄せる。

「……メレディス、わたくしのことを誘っているの？」

「今日はここに泊めてもらうつもりだし、君がよければね」

顔が近付いてきても、リリムはそのまま動かない。やがて唇が重なり、舌がくっつき、首に手を回し絡まり合った。

二人は従兄妹同士だが、好奇心を満たすため、そして享楽に耽るために十代の頃から通じていた。

もちろんそれを知る者はいない。二人だけの秘密である。

「――あ、そうだわ」

リリムの瞳が妖しく光った。悪巧みを思いついたのだ。

「メレディス、皇城へ足を運ぶ予定は？」

メレディスは肩を寄せ、ぷるぷると首を小刻みに振る。

「ないない！　俺が父に随行したのは、ここで羽を伸ばすため。皇城なんてしきたりばって面倒臭い場所、俺が好んで行くわけがないじゃないか」

リリムはメレディスの尻を撫でながら、歪《いびつ》な笑みを浮かべた。

「いいことを教えてあげる。エゼキエル聖下の婚約者、世間的には薬師だと言われているけれど……」

「……言われているけど？」

彼の耳に口を近づけ、即興で思いついたことを囁くようにひっそり告げる。

「ここだけの話、聖女さまでいらっしゃるそうなの」

「は？　聖女って……あの聖女？」

声が大きい！　とメレディスを窘め、リリムは続きを語る。

「エゼキエル聖下はとても真面目な方でしょう？　だから聖女の威を借りず、ご自分だけで国を治めたいと考えておられるのよ。それでその女が聖女であることを隠しているのだとか」

ミアは正真正銘の聖女だが、それを知る者はエゼキエルのみ。ゆえにリリムの聖女発言は単なるでまかせだったのだが、ミアが聖女であることが嘘でも真《まこと》でも、リリムにはどうでもよかった。

「だって、そうでなければおかしいと思わない？　聖帝とまで讃えられる賢いエゼキエル聖下が、みすぼらしいブス薬師を妃に迎え入れるのよ？　フレイアさまのご病気を治したというのも、聖女であることを隠したまま周囲に納得させるための架空エピソードに決まっているわ」

「ほお……なるほど……」

メレディスは勉強を嫌っていたので正しく疑うことを知らず、調べもしないまま陰謀論のような嘘に飛びつきがちなところがあった。そんなだから投資詐欺に引っかかり実家に損害を与えたりしたのだが、まだ懲りてはいないらしい。

顎に手を当て神妙な面持ちで考える様子を見て、リリムはしめしめとほくそ笑む。

「え、でも、それだと矛盾しないか？　リリムはさっき、『狙っていた皇妃の座を身分の低い女に奪われ、傷ついている』ってボヤいていなかったかい？」

「うぐっ、それは……い、言ってないわよ！　メレディスが勝手に邪推したんじゃない！　皇妃になれなかったのは悔しいけれど、相手の女が聖女ならばいくらわたくしでも手も足も出ないわよ」

(危うく図星だと暴露するところだったわ……メレディスのくせに鋭いわね)

リリムはミアのことを『クソ女』と思ってはいたものの、思うだけでまだ誰にも愚痴ってはいなかった。

「……でも、メレディスになら出せるんじゃなくて？　手も足も、それからここも？」

リリムが指した場所は、メレディスの下半身の中心。

「聖女を得られれば、国を統べることができると言われている。もしもメレディスが聖女を得ることができたなら、さぁてどうなるかしらねぇ？」

「せ、聖女を得るって、どうやって――」

「犯すのよ。エゼキエル聖下と結ばれてしまう前に、メレディスがあの女の純潔を奪ってしまうの。いくら聖女だとしても、傷物になったとあれば聖下も興味を失うでしょう」

貞節を重んじるお国柄ゆえ、サンセドピアでは処女性がとても重要視されている。嫁ぐ女性がすでに他の男に処女を散らされているなど、男性にとっては強い嫌悪感が伴う。

そういうわけでリリムは二人を結婚させないため、メレディスを唆《そそのか》したのだ。

ちなみに、聖女を得る、ということが性交渉を指すというのは、八王家の当主しか知らない最高機密である。

「いくら聖女の力があっても、メレディスにあのエゼキエル聖下を超えることは難しい。でも、お兄さまたちの上を行くくらいなら、あなたにもできるのではなくて？」

皇帝の座を奪うというのは、話が大きすぎて想像できなかったのだろう。だが兄の話題を出した途端、メレディスがピクリと反応した。リリムはそこで彼が食いついたことを悟る。

「つまり、俺が……ウィーデマン家の当主に？」

「そうよ。広大な領地と領民が、あなたのものになる。素晴らしいと思わない？」

（正直わたくしは全然思わないけれどね。こんな遊び人のメレディスが領主になるなんて悪夢よ。でも、わたくしの知ったことではない。わたくしはウィーデマンの領民ではないから関係ないし？　聖下とあの女の仲を引き裂ければそれでいいもの）

使えるものは何でも使う。味方にも平気で嘘をつく。それがリリム・エリゴールだ。

「薬師の女が聖女だということを知る者は少ないわ。だから誰もあんなブスを奪おうなんて考えない。メレディス、今のうちよ」

「ええ？　今のうちって……どういう？　俺にもブスを抱く趣味はないけど」

メレディスはウィーデマン家直系の息子。家柄はもちろんのこと、顔もそこそこいい。だが、頭がかなり残念だった。

察しの悪さにリリムは苛立ちを覚える。

「だからねメレディス、……認めるわ。エゼキエル聖下をつまらぬ女に奪われて、あなたの言う通りわたくしはとても悔しいの。だからこそ余計に、このわたくしの美貌に目を眩《くら》むことなく国民の期待と尊敬を集めるあのお方が欲しいの」

「……？」

反応の薄さはリリムの話をメレディスが理解できていないからだ。だが彼女は諦めず、根気強く説明する。

「聖下はきっと童貞よ。あんな清らかなお方が性欲の発散方法などご存じなわけないでしょうし、そもそも性欲をお持ちじゃないかも。だからあの女と交わる前にわたくしが聖下に女体の素晴らしさを教えて差し上げれば、あの方はわたくしの虜となる。好いた女が傷物になり落ち込んだ心の隙間に、わたくしが入るわ」

「だが、犯しただけで聖女の力が得られるものなのか？　俺は今まで聞いたこともなかったから、知っているなら教えてくれ」

（そ、そんなのわたくしだって知らないわよ！　もうっ、「はい」だけ言って何も考えず、言われた通りに動いてくれればいいものを！）

リリムは深呼吸して、メレディスを罵倒したい気持ちを抑えつけた。彼に手足となって動いてもらわなければ、己の本懐は果たせないのだ。

「だからね、メレディス。こういう時は『考えるな、感じろ』よ。いいからあなたは薬師の女を辱めなさい。あの女を連れ出して、あなたが処女を散らしてやるの。そうすることでメレディスは聖女を得られ、ウィーデマン家の跡取りになれる。……ね？　完璧な計画でしょう？」

「完璧な計画……そうか、そういうことか！　おそらくわかったぞ！」

計画の全容をメレディスが理解しているか若干の不安があったものの、リリムは気にしないことにした。

ウィーデマン家の四男。スペアのスペアのスペアだと馬鹿にされてきた人生を逆転する好機よ。とどめとばかりにそう発破をかけると、メレディスの目に光が宿った。

しかし実際、長男や次男とは比較できないほど出来が悪いのがメレディスだ。聖女が得られたとしてもその差は挽回できないだろう。

（そもそも、薬師の女は聖女ではないもの。メレディスには悪いけど、所詮あなたもわたくしの駒。せいぜい操られていればいい）

なんとしてもリリムは皇妃になりたかった。エゼキエルが女性のことを容姿や家柄で判断しない、ということがわかってからは特にその思いを強くした。

（聖下の隣の椅子が欲しい。あのお方の妻となれたら、わたくしの評判も上がる。自動的に名声が手に入るのよ）

ミアを遠ざけることができたなら、あとは勝ったようなものだ。リリムは己を過信していた。

「安心してメレディス。薬師の女を誘い出すのはわたくしが手伝って差し上げるから」

それに加えて不幸なことに、リリムはエゼキエルの本質を知らなすぎた。

彼がどれだけ欲望――特に性欲――に忠実で、どれだけミアに入れ込んでいるか。そしてどれだけ性的な場数を踏んでいるか。

たとえリリムの計画が上手く運んだとしても、エゼキエルがミアへの興味をなくす日は永遠に訪れないだろう。それをわかっていないのだから、失敗することは始まる前から明白だったが、さて――。

2

婚約式、と威厳ありそうな名称はついているものの、結婚という人生の節目において最も盛大に執り行われるのは、婚約式ではなく結婚式の方だ。それは花婿が一国の皇帝でも同じであり、一週間後に催される婚約式はごく一部の人を集めた小さな式になるそうだ。

具体的な式の内容は、婚約するという宣言と、結婚式の日取りの宣言、それと婚約書への署名、お互いの目や髪の色や誕生石を用いたアクセサリーの交換。

花嫁本人であるわたしは婚約式なんて省いてもいいと思うんだけど、皇帝の結婚ともなれば執り行うのが当然というような風潮だし、何より花婿のザイオンが望んでいる。

ザイオンがしたいならしょうがないかと諦めて、わたしも同意するに至った。

婚約式のための準備はそう多くはなかった。衣装決めやサイズの微調整、あるいは式の予行練習などその程度。

しかし、皇妃となる準備においてはその限りではない。

ラングミュア領からザイオンの母であるフレイアさまがやってきて、連日のように皇城に呼び出されてはさまざまなレクチャーを受けた。その合間に、専門の講師によるマナーや座学、ダンスレッスンがぎっしり、みっちり……。

婚約式を一週間後に控えた今日も、わたしは打ち合わせのために皇城を訪れていた。中庭に面した廊下を歩いていると、既知の顔にばったり出会った。

「シウバ先生こんにちは。今日もいいお天気ですね」

「こんにちはミア先生。……というより、『ミアさま』とお呼びした方がいいのかな？　それとも『皇妃さま』？」

わたしは慌てて首を振り、無駄な敬称を拒む。

「やめてください、今まで通りで結構ですから！　結婚したあとも変に畏まったりするの、絶対にやめてくださいね？」

自分が皇妃を名乗ることになるなんて、いまだに信じられないでいる。しかも、知り合いからある日を境に呼び名を変えられてしまうのは、まるで距離を取られた気がして嬉しくない。

ちなみに、この国では皇帝は『陛下』や『聖下』などの敬称を用いて呼ばれるが、皇妃や子孫は同じようには呼ばれず、『さま』が用いられる。これは、皇帝が終身制ではなく定期的に神力の多寡により入れ替わるためである。

できるだけ今まで通りでいてほしい、と告げると、シウバ先生は大きく頷いた。

「あなたらしい答えが聞けてよかった。ミア先生はそういう人で、だから皆あなたを認めたくなるのです。……それでミア先生、ご結婚後も薬師の仕事をお続けになるとか？」

「ええ。幸いにも継続して診てほしいとおっしゃってくださる方がいますし、わたしの唯一の取り柄ですから。『環境が激変するのにいきなり仕事まで取り上げては辛かろう』と、陛下も理解して後押ししてくださったので」

目を細め、シウバ先生が相好を崩す。

「それはいい。やはり夫婦はお互いを認め合うことが大事ですから。陛下はミア先生のことを心から大切に考えていらっしゃるのでしょうね」

「恐縮です」

結婚、というイベントは初婚者にとって未知の領域なので、どうしてもそこをゴールとして感じてしまいがちだ。しかし結婚は単なる始まりにすぎず、結婚後の生活の方が実は難易度が高かったりするものだ。

その点、ザイオンはとても親身になってくれる。ちょっとでもわたしが疲れた顔をしているとすぐに体調を気遣ってくれるし、公務への同伴も必要でないものは休めばいい、と言ってくれる。ついでに寝室まで運ばれて、見守りだとか看病と称してあんなことやこんなことを……というパターンもなきにしもあらずだけど。

そういう意味では、彼が周囲から思われているような生真面目な青年でなくてよかったのかもしれない。わたしにも勤勉であることを求めず、限界まで働くことを強いたりしないのは大変ありがたく感じる。

シウバ先生と別れたのち、目的地を目指していると廊下の向こうから見ず知らずの美女が歩いてきた。

体の線は細く、二の腕も腰もわたしより一回りも二回りも細そうな華奢さ。なのに身長はわたしより高い。

(うわっ、綺麗な人〜！　さすが皇城、国の中心。美男美女がたんまりだわ)

真っ白な肌だからややそばかすが目立つけれど、緑の目も長いプラチナブロンドの髪も、ため息が出るほど美しい。ザイオンも『神に愛された皇帝』と褒め称《たた》えられているけれど、わたしにとっては彼女もそれと似たようなものだ。

すれ違いざまに最後だからともう一度チラ見を試みたら、思いがけず彼女と目が合った。ドキッとするわたしに、彼女はにこりと微笑をよこす。

「もしかして、あなたがミア先生？」

「……はい、そうです。失礼ですが、あなたさまは？」

名を言い当てられて驚いたが、一応皇帝の婚約者なのだから、それなりに知られていても当然なのかもしれない。

一方的に知られている状況はあまり居心地がよくないけれど、きっとこれからはこういう例も増えていくのだろう。どうしようもないことだと割り切らねばならないな、と心の中で改めて覚悟する。

「わたくしはリリム・エリゴールよ。伯父はプレスコット・ウィーデマンというの」

彼女の自己紹介はとてもわかりやすかった。彼女は八王家の一つ、ウィーデマン家の血縁者であり、つまりガチのド貴族さまだということだ。

わたしはスカートの裾を持ち、膝を曲げ頭を下げた。

「お初にお目にかかります。ミア・ベネトナシュと申します」

「存じ上げていますわ、エゼキエル聖下の……。こんなにも早く、お披露目の前にお会いできるとは思っておりませんでした」

「はい。今後またお世話になることがあるやもしれません。どうぞよろしくお願いいたします」

どこでどんな繋がりがあるかわからない。粗相のないよう注意しながら、丁寧な社交辞令を告げておいた。

するとリリムさまは何かを思いついたらしく、「そうだわ」と指を一本ピンと立てた。

「そういえばミア先生にご紹介したい者がいるのですけれど、もしよろしければ会ってくださらない？　先ほどまで一緒にいたから、まだ皇城内にいるはずですの」

わたしは少し躊躇った。わたしがここにやってきたのは、打ち合わせがあったからだ。その予定時刻まで、あと十五分というところ。

皇城内は広いので、目的の打ち合わせ場所まではここから歩いて五分はかかる。十分前に到着するつもりで行動していたけど、ここで他の予定を入れては本来の予定に遅れてしまいかねない。

リリムさまは期待いっぱいの表情で、わたしが同意することを少しも疑っていない様子。

「これから、ですか？」

「ええそうよ、これから。紹介したいのはウィーデマン家の息子で、わたくしの従兄弟に当たる者なの。近いうちミア先生とはご公務で会うこともあるでしょうから、早めのご挨拶をと思ったのですけれど」

（ウィーデマン家の息子、か……）

往診でウィーデマン領を訪れたことはあるものの、かの家との直接のやりとりはしたことがない。リリムさまの言う通り、そのうちザイオンとともに顔を合わせることにはなったんだろうけど――。

考えた末、わたしは告げる。

「これから外せない予定が入っていますので、挨拶程度しかできませんが……それでもよろしければ、喜んで」

「ええ、もちろんよ。挨拶だけね、わかっているわ」

ほんの少し。軽い自己紹介をして、この後予定が入っているからと言えばきっと引き留められることはないだろう。

わたしはそう思い、リリムさまについていくことにした。

3

皇城の最奥には、皇帝の住まう居室があり、入れる者は厳しく制限されている。

一方、現在わたしのいる場所は皇城の正門にほど近く、入城に際しての制限はない。

これは、国内随一の蔵書数を誇る巨大な図書室があるからだ。国民に学ぶ機会を与えようという、三代前の皇帝陛下のご配慮による。

リリムさまがわたしを案内したのは、図書室そばに設けてある自習室のうちの一室。その時点でわたしは彼女を疑うべきだったのかもしれない。

「メレディス、わたくしよ。ミア先生をお連れしたわ」

ノックをしたあと、扉に向かってリリムさまが呼びかける。中からすっと扉が開き、胡桃《くるみ》色の髪をした青年がわたしたちを出迎えた。

「やあ、初めまして。ずっとお会いしたいと思っておりました。私がメレディス・ウィーデマンです」

「ミア・ベネトナシュです。……はじめまして」

何かが引っかかったが、とりあえずわたしは挨拶を返し、促されるまま入室した。

メレディスさまが貴族だということに、嘘はないと思う。礼儀正しく振る舞いも自然だったし、営業スマイル――に見える――を常に携えているのもいかにも貴族らしい。服装だって質がよさそうだし、そもそもわたしに嘘をついてまで会おうとする理由が思いあたらない。

（でもどうして自習室に？　挨拶がしたいだけなら廊下でだってできるのに、こんな一人用の机と椅子しか置いてない狭い部屋にわざわざわたしを連れ込まなくても――）

「……待って。リリムさま、先ほどわたしをお連れしたと言った？　メレディスさまも、どうしてわたしが来たことを平然と受け止めているの……？」

リリムさまとわたしが会ったのは偶然で、待ち合わせていたわけではない。彼女自身、『こんなに早く会えるなんて』と口にしていた。メレディスさまを紹介する話も、前々から決まっていたものではなかったはず。

にもかかわらず、わたしを連れてきたことをさも予定していたことのようにメレディスさまに伝えるのは変だ。そしてわたしの来訪をすんなり受け入れるメレディスさまもおかしい。

わたしは矛盾に気づいたが、一歩遅かった。

背後で扉の閉まる音がした。振り返るとリリムさまの姿はなく、扉の向こうから「ごゆっくり」という楽しげな声が聞こえた。

「え……リリムさま？　どういう……!?」

鍵が廊下側からもかけられるのかはわからないが、わたしは慌ててドアノブを掴む。しかし、扉が開くことはなかった。

「へえ、お前が皇帝陛下のねえ……？」

メレディスさまがわたしのすぐ後ろにまで迫り、後頭部に息がかかった。彼は手を伸ばし、わたし越しに扉を押さえてしまった。内開きだったせいで、メレディスさまが押さえるのをやめなければ、わたしはここから出られない。

「距離が近いです。離れてください」

わたしは彼に背を向けたまま、きっぱりと拒絶の意思を告げた。

「ミア先生、こっちを向いてくれないかな」

「あなたが離れてくださったら向いてもいいです」

「つべこべ言うなよ、いいから向けって」

押し問答を繰り返しながらわたしがじっとしていると、焦れた彼に二の腕を掴まれ、強引に反転させられた。

怯《おび》えた態度を見せたなら、それこそ彼の思う壺《つぼ》だ。……どういう意図でこんな愚行に及んだのかはわからないけど。

幸いにも、メレディスさまがすぐに何かを仕掛けてくることはなかった。わたしの睨みには屈しないという意思表示なのか、蔑むように見下ろしてフンッと鼻で笑った。

「……ふーん。ブッサイクだな。あの男、こんなんが趣味なの？」

低身長、童顔、肉付きのいいわたしの容姿は、リリムさまの足元にも及ばないだろう。

それは自分でもわかっているけど、面と向かって悪意をぶつけられるのはいい気がしないし、ついでにザイオンのことまで貶《けな》されたのはちょっと納得がいかない。

「ま、でも、抱き心地はよさそうだよな。リリムは美人だけど、ちょっと細すぎるんだよ。木の枝とヤっているみたいで、正直いつも物足りなくてさ。その点お前は柔らかそうだし、もしかしたら俺を楽しませてくれるかも、みたいな？」

密室に、男女が二人きり。誰の目も届かないところでは何が起こってもおかしくない。たとえわたしがブサイクで、メレディスさまの好みとは大きくかけ離れていたとしても、『女性である』というだけで性欲解消には使えてしまうのだ。

背筋がぞわりと総毛立つが、叫びたくなるのをわたしは堪《こら》える。

「……メレディスさま、今ならまだ引き返せます。落ち着きましょう」

わたしを犯したその先に、この男は何を手に入れたいと願うのだろうか。彼の行動の理由を探るよりもまず、わたしには恐れていることがあった。

彼はメレディス・ウィーデマン。八王家の直系の者は皆成人するまでに聖職者になるための得度を済ませているはずだ。

ということは、もしも彼がわたしに性的接触を試みようものなら、わたしが抱えている瘴気が彼に流れ込んでしまう。そうなったら、わたしが聖女だとバレる。

「今ならまだ間に合いますメレディスさま。このことは誰にも話しません。今日のことはなかったことにいたします。だから――」

「声を震わせて……あはは、俺が怖いの？　それとも初めてだから怖いのかな？」

ザイオンはわたしの正体に気づいても、誰にも明かさず秘密を守った。しかしこの男も同じようにしてくれるとは限らない。

誰にもバレたくない。バレるような真似もしたくない。

顎に指をかけられ、瞬時に払った。

「わたしは近々エゼキエル皇帝陛下の妻となることが決まっています。にもかかわらず手を出すならばどうなるか……わかっているのですか？」

「結婚がなかったことになるんだろう？　非処女を娶るなんて、よっぽどの物好きのすることだ」

（ザイオンに出会った時点でわたしは非処女だったし、ん～、なんていうか……ザイオンは『よっぽどの物好き』なんだよね……）

たとえここでこの男に犯されてしまったとしても、それくらいでザイオンはわたしを諦めない気がする。どちらかというと、ネトラレ属性が開花しそうな予感……いや、悪寒。

とはいえ、なんとか未遂で終わらせたい。

「……人を呼びますよ」

「皇帝以外の男と二人きりでいるところを見られて、まずいのはお前の方だろう？　せっかく掴んだ玉の輿だ、失いたくないよなぁ」

ザイオンの求婚にわたしが応えたのは、彼が皇帝だったからではない。むしろ、皇帝でなかったならばもっと早く頷いていたかもしれないのに。

「大丈夫、俺はリリムと散々練習しているから。お前は身を委ねればいい、それだけだ」

「わたしに何かしたところで、あなたの望みは叶えられない」

「いいや、叶えられる。聖女なんだろう？」

メレディスさまから飛び出した単語に、わたしの心臓が大きく跳ねた。

（どうしてこの人が知っているの？　ザイオンが漏らした？　……いや、そんなはずは）

動揺で視線が揺らいだのを見て、メレディスさまが「大丈夫だよ」と優しく声をかける。

「聖女を得た者は、国を統べる力を手に入れることができる――とはいうものの、なにも玉座を狙っているわけではないよ。お前の正体を公に暴露するつもりもない。ただせめて、ウィーデマンの次期当主になることくらい、手伝ってはもらえないかなと思ってね？」

聖女であることは黙っておいてやる。その代わり、俺をウィーデマンの次期当主にしろ――という脅しであるとわたしは理解したが、果たして。

「そ……、む、無理です。わたしにそんな能力はありません、誤解ですもの。わたしは聖女じゃありません」

しかし彼は首を振る。

「ただの平民の女を皇帝が妃にしようとするわけがない。これ以上隠したって何もいいことはないぞ？　正直になって、俺と楽しいことをしよう」

わたしが拒めば正体をバラされる。ザイオンなら黙っていてくれたが、わたしに取引を持ちかける男が黙っていてくれるはずがない。ここでわたしが屈したとしても、何かにつけて同じネタでこちらを揺すってくるだろう。

そもそも、一度きりの交わりで得られる神力も、たかが知れているだろうに。

「違う、やめて。メレディスさま、本当に――」

鼻筋太めのメレディスさまの顔が、びゅっと勢いよく近づいてきた。額と額がゴツンと強くぶつかりそうで、わたしは咄嗟に目を瞑った。

が、ぶつかったのは額ではなく唇。

人体の一部という意味ではザイオンのそれと大差ないのだろうが、気持ちでは天と地以上の差があった。

「………、……っ!!」

愛情どころか思いやりの欠片《かけら》もない。鼻息が顔にかかり、全身に鳥肌が立った。

舌が唇を割って無理やり入ってこようとする。その感触も温度も強引なところも何もかもが気持ち悪くて受け付けず、男の胸を無我夢中で叩き押しのけようと試みた。ところが逆に手首を取られ、扉に磔《はりつけ》のようにされてしまう。

顔を背けても何をしようとしても、男はわたしから離れない。

ザイオン、助けて……！　――と心の中で叫ぼうが、それが誰かに届くわけもない。

絶望と恐怖から涙が込み上げてくる。

(うそ……わたし、絶体絶命？　きんも……ほんとヤダ、無理。金的する？　舌を噛みちぎる？　う、吐きそ……ザイオン助けてっ!!)

最低最悪な時間。できることなら今朝あたりに時間を巻き戻したい。記憶からも消してしまいたい。

何もできず、ただ恐怖と混乱にわたしは身を固くするしかできなかった。

ところが、悪夢のような出来事は唐突に終わりを告げる。

メレディスさまの拘束が緩んだ。それと同時に唇も離れ、彼は二歩、三歩と自ら後退していく。

「う、ぐ、……なん、…………おま、どう、量…………」

彼は背を丸め、目を見開き、かすかな唸り声を上げながら震える両手で喉を押さえた。

「え……あの、メ、メレディス……さま？」

ただごとではないその様子。

（量？　なんのこと？）

彼の顔色は真っ赤だった。額には血管が浮かび、目は血走り、ついには血を吐いて床に突っ伏してしまう。

「ええ……!?」

うつ伏せに倒れたまま、彼は動かなくなった。慌てて駆け寄り、仰向けにする。

「メレディスさま、メレディスさま！　聞こえますか？　目を開けてください！」

胸郭の上下が認められるので、呼吸はできているみたいだ。

吐血の量はそう多くない。鮮血と赤黒い血がところどころ混ざっていることから、消化器官か食道からの出血と思われる。

ただ、呼びかけに反応がない。原因は不明だが、意識を失っているようだ。

おかわりとばかりに鼻と耳からも血が垂れ、さきほどは真っ赤だった顔も今は血の気が引いている。

「脈はある。……なんなの？　感染症？　一度にこんな出血……どういうこと？」

ひとまず、寝かせたまま顎を上げて気道確保する。その間にテーブルクロスを拝借し、タオル代わりに彼の顔についた血を拭き取った。

鼻血も耳の出血も、一度は垂れたが継続して溢れてくる様子はなさそうだ。吐血も最初にしたきりだし、心音も規則的で力強く響いている。

原因不明だが、ひとまず誰かを呼びに行き、薬室に運んでもらおうか……と考えていたところ、扉が控えめに開かれて見知った声がわたしを呼んだ。

「……ミア？」

ひょっこり顔を覗かせたのは、これから会う予定だったザイオン。

「ミア、これは一体……メレディス・ウィーデマン？　何がどうなっているのですか？　打ち合わせの時間が迫ってもあなたが姿を現さないから、探しに来たのですが……」

「ザイオン！　ちょうどよかった、彼を薬室に運びたいの。手伝ってもらえない？」

不思議そうにしながらも、ザイオンが狭い部屋に入ってきた。わたしのそばに膝をついて背を丸め、顔を覗き込んでくる。

「手伝うことはやぶさかではありませんが……その前に、何があったのです？」

ええと、と前置きを入れてその間に考える。こちらに非は一切ないし、事の顛末をザイオンに隠すつもりもない。腑《ふ》に落ちないことが多いせいで、どう言ったらすんなり伝わるか言葉選びに難航しているというだけだ。

「あのね、わたしに会わせたい人がいるからと、リリムさまにここへ連れてこられて……」

「リリム？　リリム・エリゴール？　彼女がメレディスをこんな目に？」

不可解だ、とばかりにザイオンが首を傾げた。と同時に誤解が一つ発生したので、わたしはまず否定する。

「そうじゃなくて、リリムさまにメレディスさまと二人きりにされてしまって」

「…………はい？」

とても低い声だった。途端に不穏な空気が漂う。

(まずい。ここでわたしが対応を間違いでもしたら、死人が出るかもしんない……)

「それで、その、まあ……突然血を吐いてお倒れになったの。原因はわからないから、とりあえず応急処置だけして薬室に運ぼうかなと思っていたところで」

犯されそうになったとか、無理やり唇を奪われたとか。そんな話をしたら最後、ザイオンがメレディスさまに何をするかわからない。

レイプ未遂犯を庇いたいとは思わなかったが、わたしは和平への道を選んだ。だからこそ、そのあたりの詳細は一切省いて説明をしたのだけれど。

「この男に何かされましたか？」

あっという間に気づかれた。

わたしを見つめる眼差しに、責める意図は感じられない。むしろ深く心配してくれているような……。

じわ、と目頭が熱くなった。ヒク、と喉が引き攣った。

(待て待てわたし、どうしてこのタイミングで泣きかける？　そりゃ怖かったけど、でも……こ、怖かったけど！)

ザイオンの顔を見て、安心してしまったのかもしれない。緊張の糸が切れたのか、涙腺がどんどん緩んでいく。

耐え切れず、わたしは彼から目を逸らした。

「……………キスを」

そう打ち明けた拍子に、ぽろりと涙が一粒溢れた。

なんでもない、平気だ、と笑おうとしたけど上手く笑顔が作れなくて、ぎこちない表情は余計痛ましくザイオンに映ったかもしれない。

彼はわたしの反応を漏らすことなくじっと見つめたあと、無言のまま立ち上がり、横たわるメレディスさまの胴を長い脚で跨いだ。

（え？　ザイオン、なん――）

手を伸ばし、メレディスさまの胸ぐらを掴む。彼の頭が浮き、肩が浮き、そしてザイオンは握り拳を振り上げて――。

「待って待って待って、この人意識ないから!!　死んじゃう!!」

泣いている場合じゃなかった。

わたしは慌てて彼を止めた。腰に腕を回し後退させようと引っ張るが、鍛え上げられた鋼の体幹はびくともしない。メレディスさまの首から上がガクンガクンと宙ぶらりんのまま揺れている。

「死ぬ？　この男が？……あはは、いい気味ですね。僕のミアに手を出すなど、万死に値する」

「ダメ!!　仇討《かたきう》ちはありがたいけど気持ちだけで十分だからっ！」

こんな時に思い出すのは、ツャイゼル領に魔獣が現れた時のこと。

中央領からザイオン率いる皇帝直属の精鋭部隊が到着した時にはまだ、魔獣が暴れており危険な状態だったという。人間など一口で呑み込んでしまいそうな巨大な魔獣たちに現地の兵士は苦戦していたが、ザイオンは剣を片手に立ち向かい、ちぎっては投げちぎっては投げ、あっという間に掃討してしまったのだそうだ。

しかもザイオンは息ひとつ上げなかったというのだから、並大抵でない彼の強さをわたしも確信したものだ。

そんな規格外な男に殴られて、メレディスさまがどうなるか。わたしには最悪の事態しか想像できなかった。

このままでは、メレディスさまが殴られるのは時間の問題だ。意識がなく、無防備なまま顔面に殴打を受けては、きっと無事ではいられない。

「そそその前に、ザイオンに聞きたいことがあるのっ!!」

「なんでしょう、ミア」

思惑通り、彼の意識がわたしに逸れた。

「わたしが聖女だと誰かに話した？　メレディスさまはわたしが聖女だと知っていたの。彼を殴ることよりも、どうしてそれを知っていたのか調べる方が大事だと思うんだけど！」

言いながら、「ではこの男の息の根を止めて真相を闇に葬りましょうか」とでも返されたらどうしたらいいんだろうと後悔した。

ザイオンはため息を吐き、メレディスさまから手を離した。床に頭がぶつかって鈍い音が響いたが、幸か不幸か彼は気を失ったままだった。

「ははあ、つまりこの男、『正体をバラされたくなかったら神力をよこせ』とでも言って僕のミアを脅したのですね。それでも頷かないあなたに痺れを切らし、手始めに強引に唇を奪ったと。……つくづく愚かな男だ」

ザイオンはわたしに向かい合い、慰めるようにそっと抱き寄せてくれた。頭を撫で、背中を撫で、丁寧にわたしを癒やそうとする。

「安心してください、聖女のことは僕しか知りませんよ。誰にも明かしていませんし、誰も気づいてはいない。推測ですが、メレディスはリリムに騙され、ミアが聖女だと思い込まされていたのでしょう。皇帝が低い身分の女性を妃に選ぶのであれば、聖女しか考えられないとか何とか言って……といってもミアは本物の聖女なのですが……。この件は僕が上手く片付けておきますので、心配はいりません」

ザイオンの言葉には、不思議と強い説得力があった。声の高さ、大きさ、リズム、そして抑揚が、もう大丈夫だとわたしに説く。

こういうところが国民から絶大な信頼を置かれる理由の一つなのだろうが、まるで神の力が働いているような気さえしてくる。

「……ありがとう」

抱き寄せられるがまま、ザイオンに体重を預けた。ザイオンのびくともしない安定感に、わたしは安心を得る。

「それより――」

唐突に、ザイオンが顔を近づけてきた。キスをされるかと思いびっくりして背を反らし、まじまじと彼の顔を見つめる。

「え？」

「え？」

「どうして今、このタイミングこの状況でキスを？」と言いたいわたしと、「なぜ拒もうとするのですか？」と驚くザイオンの「え？」がぶつかった。

「消毒です」

「しょうど――」

キスが消毒？　そんな上手い話があるわけないのに。でも、ツッコミを入れるよりも先に、ザイオンが再びキスを試みる。

頬を両手でがっちり固定され、今度こそわたしは逃げられなかった。

やっぱり、ザイオンのキスは違う。全然イヤじゃない。それどころか、好きだ。

先端が触れ合ったその瞬間に、頭が蕩けていく。

「ミアに深く触れていいのは僕だけです。他は誰であろうと決して許されない。だからこうして消毒を」

消毒、と称してまでここでキスをしたがった理由。すなわち、嫉妬だ。ザイオンの独占欲が、わたしの胸をときめかせる。

……が、昏倒《こんとう》したままのメレディスさまがすぐそこにいるのである。彼をこのまま放置していていいわけがない。

「ん、……待っ……、……、早くメレ、ディス……まを薬室に運ば……」

喋ろうとして口を開けても、ザイオンは好機とばかりに舌を奥まで入れようとしてくるのだから手に負えない。彼が喋りたい時は自由に喋らせてあげているのに、どうしてわたしが喋りたい時はこんなにも往生際が悪いのか。

「いい気味ですよ。女性に無体を働こうとするゲロ以下の存在など、床の上に転がしておけばいいのです」

ゲロ以下……人間どころか生物ですらない。あまりの言いようにキスをしながら失笑が漏れた。

「第一、この程度のごくわずかな瘴気で倒れるなど、まず聖職者として未熟すぎる」

「……瘴気で倒れる？　何の話？」

ザイオンの口振りからは、メレディスさまがどうして現在の状況に至ってしまったのか、わかっているようだった。薬師のわたしにわからないのに、専門知識のないはずの彼にはまるで確信があるみたいに。

どういうこと？　とキスを終わらせて詳しい説明を求めるわたしに、ザイオンはキスを中断し——ただしいかにも不服そうに——教えてくれる。

「我々聖職者の神力量に個人差があるのと同様に、聖女が体内にとどめ置ける瘴気量も個々人で決まっています。推測ですが、ミアは取り込む力がとても強く、容量も比例して大きい。あなたとキスを交わすだけで、身の内に神力が増えるのを感じますから」

わたしにはない感覚だ。空気中に浮遊している瘴気は目に見えるものの、体に入ったあとのことは感知しようがない。

瘴気はただただ欲求不満に繋がる。……悲しいけれど、それだけだ。

「僕も僕で神力の容量が大きいので、あなたから流れ込んでくる瘴気を難なく神力へ変換することができます。しかしメレディスは聖職者としての才にあまり恵まれず、だからミアから流れ込んできた瘴気をうまく神力に変換できず、反動としてご覧の有り様になったというわけ」

聖女がどんな存在で、どんな役割を背負っているか。

わたしが知っている聖女関連の知識は、父が教えてくれたことだけ。書物もいくつか手に取ったが、どれも曖昧模糊《あいまいもこ》としていて父の言葉ほど具体的に記されているものはなかった。逆に言えば、父が知っていた以上のことを、聖女なのにわたしは知らない。

一方、ザイオンはラングミュア家の当主であり、現皇帝。それゆえ、一族の長しか知り得ない情報も立場上知ることが許されている。

反動云々という話もわたしは聞いたことがなかったし、おそらくメレディスさまもご存じなかったのだろう。だからこそ、軽率にわたしを襲おうとなさったのだ。

「メレディスさまは助かるの？　治ったとしても、後遺症が現れたりするのかな？」

「さあ？　今生きているのなら問題ないのでは？　後遺症など知りませんね」

メレディスさまの状態について尋ねたが、ザイオンは非常に無関心だった。メレディスさまを一瞥したその視線のなんと冷たいことか。

「気持ちはわかるし同意するけど、だからって放っておくのは――」

「それよりもミア、消毒はまだ済んでいませんよ」

顔が近づき、口づけが再開された。もうそのネタはいいから、とあしらう余裕もない。

唇が接触した瞬間、口を開いてザイオンを迎え入れてしまうのはもはや条件反射だ。本能が「こうせよ」とわたしに指令を送っている。

「って、待って！　ダメだから！　瀕死《ひんし》の人を放置したまま盛り上がるなんてダメ！」

不満全開のザイオンをその場に残し、わたしは運ぶ人手を確保するため薬室へと急いだ。もちろん、殴ったり蹴ったりしてはいけないと釘を刺してから。

4

あれから二日、メレディスさまは目を覚まさないまま皇城内のベッドに横たわっていた。彼が倒れた時の状況や原因についてはザイオンが上手く誤魔化してくれたおかげで、わたしが聖女だと誰かに勘付かれることはなかった。

それにともないメレディスさまの身柄は薬室所属の薬師が診てくださることとなり、簡単な申し送りだけでわたしは彼から解放された。

何はともあれ、まだ目を覚まさないもののどこかに致命的なダメージが見受けられるわけでもなく、時間が経って回復すれば自ずと目覚めを迎えるだろう、というのが薬師たちの見解だった。

このまま死なれでもしたらとても寝覚めが悪かったが、命に別状がないのなら諸々ヨシ。わたしのことを聖女だと言いふらさないかは心配だが……悩んでも仕方がない、きっとザイオンがなんとかしてくれると信じるしかない。

メレディスさまの事件により予定していた打ち合わせが延期となり、わたしは本日改めて皇城に足を運んでいた。しかも今回は打ち合わせの後に貴族の方々との食事会の予定もあり、ドレスアップを余儀なくされていた。

ドレス姿は動きにくいし気を遣うし、面倒臭いことこの上ない。美人ではないわたしが着飾ったところで……という思いもあるので――ザイオンの評価は別として――できれば知り合いには極力会いたくない、と思っていたのだけど……何の因果か再びリリムさまに出くわしてしまった。

出くわした、というよりも、彼女がわたしを待ち構えていたのだろう。柱の陰に隠れていたので気づくのが遅れた。

「待っていたわよミア・ベネトナシュ。よくもわたくしに恥をかかせてくれたわね」

（……どこをどうしたらその発言に至る？　面倒臭い人だなあ）

ウィーデマン家のご当主とリリムさまのお父上へは、ザイオンが警告を出している。皇帝の婚約者に狼藉《ろうぜき》を働こうとしたことについて、一度目に限り大目に見るが、二度目は容赦なく処罰する――と。

メレディスさまは皇城のベッドの上。リリムさまはご自邸での謹慎処分となったと聞いていたのに、どうしてここにいらっしゃるのだろう。

わたしとしてはこれ以上関わり合いにはなりたくなかったので、気づかないふりをして通り過ぎようとした。

「あら、今日はドレスなの？　すでに皇妃さま気分でいらっしゃるのね、……って、お、おおお待ちになって！　待ちなさいったら！　どうしてわたくしを無視するのっ!!　ねえっ!?」

叫ばれてしまったら仕方がない。これ以上知らんぷりするわけにもいかず、わたしは振り向きようやく気づいたふりをする。

「……リリムさま、こんにちは。すみません、わたしに話しかけておられるとは思わなかったもので」

「なんですって!?　このわたくしを蔑ろに扱って、許さ――」

リリムさまは顔を赤くして憤慨した様子だったが、注目を集めてしまったことに気づき言葉を呑み込んだ。

「……こちらに」

取り繕った偽物の笑みを浮かべ、わたしの腕を掴んでどこかに連れていこうとする。だが、もうその手には乗らない。

わたしはリリムさまを振り払った。細いからか力も弱く、すぐに拘束は外れた。

「次は誰と引き合わせるおつもりですか？　お話があるのなら、今ここで聞きます。ただし、先日延期になってしまった打ち合わせが控えていますので、今度こそ手短に」

リリムさまは周囲の目を気にしながら、小声でわたしに突っかかった。

「お前、お父さまに何を言ったの!?　家から出るなと閉じ込められるし、メレディスには会わせてもらえないし……」

「ありのままの事実とともに警告をお伝えになったとエゼキエル陛下から伺っております」

警告では手ぬるいと言って厳罰を下そうとしていたザイオンを宥めたのはわたし。リリムさまから感謝されこそすれ、こうやって怒りの矛先を向けられる筋合いはない。

にもかかわらず、彼女はわかっていない。

「今すぐ誤解を解きなさい！　あれはメレディスが一人で企てたことで、わたくしは関係ないわ。あなたとメレディスが密会しようとしただけなのに、わたくしを巻き添えにしないでくださる!?」

「いいえ、誤解ではございません。巻き込まれたのはわたしの方。密会もなにも、わたしにはメレディスさまと面識すらありませんでした」

ザイオンが箝口令《かんこうれい》を敷いたものの、わたしが襲われかけたことは水面下ですでに噂となっている。しかし恐れてはいない。

わたしがリリムさまと連れ立って歩いている姿を何人もの使用人が目撃していたし、自習室に入ってからザイオンが助けに入るまで、一部始終を目撃していた者がいたのだ。二人きりになった時間もほんのわずかだったとの証言も得られた。

要するに、リリムさまの詰めが大甘だったことで、わたしには味方が大勢いたのだ。

どういう思考回路なのか、リリムさまはわたしを見下し、勝ち誇ったように嘲笑する。

「うっふふふ、よくもそんなことが言えるものね。わたくし、知っていますのよ。あの日あなたがメレディスと二人きりで何をしていたのか」

「どうぞはっきりおっしゃってください。わたしとメレディスさまが何をしたというのですか？」

「そんなの決まっているじゃない、自習室で男女の契りを交わしていたのでしょうにっ！」

彼女は周囲に知らしめるように、わざと大声で言い放った。おそらく、わたしを非難する同志を増やそうとなさったのだろう。

ついさっきまで人目を避けようとコソコソしていたのに……忙しないことだ。

「いいえ、違います。わたしが無傷でここにいて、陛下がいたくお怒りで、メレディスさまは薬室預かり、そしてリリムさまは謹慎処分。この状況でその判断を下すのは、相当鈍い方だけです」

リリムさまの無駄な悪巧みのせいで、ウィーデマン家もエリゴール家もずいぶんな迷惑を被《こうむ》っている。国民の信頼篤《あつ》いザイオンを怒らせたことも致命的。

しかしリリムさま本人は、自分の保身とわたしを引きずり落とすことで精一杯だ。

「エリゴール家の一人娘であるわたくしに向かって、ずいぶん偉そうになさるのね。聖下の婚約者だからって卑しいわ、平民出の分際で、立場をわかっていらっしゃらないのでは？」

「立場をわかっておられないのは、僭越ながらリリムさまです。リリムさまがメレディスさまと皇城へいらっしゃったところも、わたしを自習室へ連れていくところも、リリムさまがお一人で去っていかれるところも、そして陛下が助けに来てくださったところも全て、複数の目撃者がいます。この状況では企《たくら》みが意図通りに機能するわけがありません」

「うぐっ、それは――」

リリムさまがもっと巧妙に罠《わな》を張り巡らすタイプだったら危なかった。しかし貴族の一人娘として散々甘やかされてきたからか、詰めも甘くて助かった。

そしてこれ以上笑顔を保てなくなったリリムさまは、いよいよ目を吊《つ》り上げて大きく息を吸い込んだ。

「――全部お前が悪いのに。本来ならばわたくしがエゼキエル聖下と結婚するはずだったのよ！　美しい夫を隣に侍らせ、美しいドレスで着飾って、世界中から羨まれる生活をわたくしこそが送るはずだった！　伯父さまの後押しもあったし、わたくしが最も皇妃にふさわしいのは誰の目にも明らかなのよ。言われずともお前の方から身を退きなさいよ!!」

「……………なるほど」

罵声を浴びせられたのに、腹も立たなければ恐怖にも感じなかった。ただただザイオンに同情した。

（リリムさまが欲しいのは人間としてのザイオンじゃなく、ステータスとしてのザイオンだったのね。身分や、財力や、評判……まるでトロフィーのように）

とはいえ、色々と思うところはあれど、ここで玉虫色の返答をして軽んじられるのも本意ではない。またザイオンに迷惑をかけることになる前に、軽い牽制を試みる。

「リリムさまはわたしに身を退けとおっしゃいますが、それは陛下からのご伝言ですか？」

胸を張り、リリムさまにずい、と一歩近づいた。背は低いが、幅ではわたしが勝っている。

……ちょっと悲しいけど、悲しくない。

「いいえ、そういうわけではないけれど……でも――」

でしょうね、と思いつつわたしは続ける。

「エゼキエル陛下はわたしがいくら断っても、愛を誓ってくださいました。幾度となく、わたしでなくてはならぬとおっしゃるので縁談をお受けすることに決めたのです。リリムさま個人のご意見を、陛下のお言葉より優先して受け入れる必要がどこにございましょう？」

「う、うるさいわよ、口答えをしないで。わたくしは貴族よ？　平民は従って当然でしょう！」

（せっかくの美人なのに、この考え方じゃあ……）

呆れながら、わたしはもう一歩踏み出す。

「貴族ならば何をしても許される？　皇妃ならばどんな贅沢をしても許される？　……わたしが皇妃となるには身分が足りないとおっしゃいますが、あなたには学が足りません。皇妃になりたかったのなら、貴族としてご自由になる時間と財力を使ってもっとお勉強に励まれた方が

「はあ？　何を……し、失礼だわ!!」

「あなたこそ失礼です、傲慢です。エゼキエル陛下の隣に立ちたいと願いながら、どうしてメレディスさまと恋愛関係にあるのです？」

わたしがメレディスさまの名を出すと、彼女はきょとんと目を丸くした。やや遅れてハッとして、激しい剣幕を見せる。

「恋人ではないわよ！　誤解しないでくださる!?」

そして次はわたしがきょとんとする番だ。

「メレディスさまがそうおっしゃっていましたけど？『俺はリリムと散々練習しているから』と、そういう関係にあることを聞いたのですが」

何を練習しているか、さすがに口に出すのは憚られた。メレディスさまも匂わせるだけで具体的には語らなかったけど。

しかしそれだけでリリムさまには伝わった。

「メ、メレディスとは遊びよ！　ただの手頃で気楽な遊び相手なだけで――」

（じゃあ、セフレってこと？）

わたしが声に出すより先に、リリムさまが言葉を詰まらせた。

この国では、いくら恋人同士であろうと婚前交渉は非難される。にもかかわらずセフレだなんて。……わたしも人のことは言えないけれど。

「ちっ違う、そうではないの！　聞かなかったことにして!!」

リリムさまが血相を変えてわたしの二の腕を掴んだ。

「あの……わたしの口を塞いだところであまり意味がないような……？」

ここは皇城の渡り廊下。数人だが、居合わせた者もいる。わたしの根も葉もない悪評を広めるために彼らを利用しようとしたり、今度は逆に窮地に追い込まれたり。率直に、大丈夫か？と心配になる。

彼女はみるみる顔を真っ赤にし、わなわなと全身を震えさせた。

「――酷いわ。何もかも上手くいかない。全部、お前のせいよ……!!」

「違います。冷静にご自分の行動を思い返してみてください。きっと――」

「うるさい！　お黙りっ!!」

勢いよく右手が上がった。ぶたれる、と察知し身構えるが、リリムさまの手のひらよりも柔らかく大きな手のひらが、先にわたしに優しく触れた。

「こんなところにいたのか。また何者かに攫われたのかと心配したぞ」

「エゼキエル聖下……！」

わたしより先にリリムさまがその名を口にした。振り上げていた手を引っ込めて、なんとなく自分の頭を撫で、ぎこちなく下ろした。元から殴ろうとなんてしていません、とカムフラージュしようとしてのことだろうが、違和感の塊だった。

リリムさまは態度を取り繕い、上目遣いで微笑んでいる。その視線の先にいるのは、当然ながらザイオン。しかしザイオンの視線はリリムさまに向いておらず、わたしに固定されていた。

「そのドレス、着てくれたのか。よく似合っている」

「ありがとうございます。……今ちょうど、リリムさまと話し込んでおりまして」

彼女の名前を出してようやく、ザイオンが彼女を見た。

「リリム、私の婚約者の相手をしてくれていたのか。礼を言おう」

「い、いえ。とんでもないことでございます。ミア先生にご婚約のお祝いを申し上げていたところですの」

リリムさまがいくら嘘で体面を繕おうとも、すでに遅かった。ザイオンのリリムに向けられた眼差しは、とても冷たいものだった。

「ミアは私が己の命より大切に思っている者だ。ぜひ今後とも仲良くしてやってほしい」

ザイオンも性格が悪い。この場合いい性格というのかもしれないけど。つまり彼はリリムさまの嘘に乗っかって、彼女が嫌がりそうなことをわざと頼んだのである。

「も、もちろんですわ。こんなにかわいらしく聡明《そうめい》な女性が皇妃さまとなること、いち国民として頼もしく思います。ミア先生、こちらこそ仲良くしてくださいませ」

リリムさまの引き攣った表情から嫌々言っているのが丸わかりだった。その苦しそうな表情を見て満足したのか、ザイオンはわたしの肩を抱き元来た道を戻ろうとする。

「言い忘れていたが、リリム」

途中、ぴたりと足を止め、彼女の方を振り返った。

「もしも次またミアに危害を加えようとする者が現れたなら、私はその者を敵と見なし全力で排除するだろう。今回のように手ぬるい処分は下さぬこと、そなたも覚えておいてくれ」

「……承知いたしました」

ザイオンの本性を全てまるっと知っているわたしでも、背筋に寒気が走った。リリムさまに向けられた視線も声色も何もかも、『友好』の対極にあった。彼女を敵視していたのだ。

公の場で彼がここまで嫌悪感を露わにするのは珍しい。少なくとも、わたしは見たことも聞いたこともない。

しんと静まり返った中に、わたしとザイオンの靴音だけが響いていた。

人通りの少なくなった廊下を二人で歩きながら、わたしはザイオンに尋ねる。

「リリムさまって、あなたの妃候補だったのでは？」

彼の表情は、二人きりの時にだけ見せる優しい表情に戻っていた。眉尻を下げ、首を傾げてわたしの顔を覗き込む。

「そうですが、僕は拒み続けていましたよ。美しいとは思いますが僕の趣味とは真逆ですし、あんなに強欲な女性はちょっと……。それに比べ、ミアはかわいいし柔らかいし、謙虚で賢くて優しくて……──」

そこまで言って、突然ザイオンが立ち止まった。どうしたのかとわたしも立ち止まる。

「わざわざ聞くということは、もしや嫉妬してくださるのですか!?」

目を潤ませ、頬を上気させ、ザイオンの全てが華やいで見える。わたしの嫉妬にキュンキュンときめいているみたいだ。

「……うん。そうかもね」

本当は嫉妬なんかしておらず、頭に過《よ》ぎったことを尋ねたにすぎない。でも、ザイオンが嬉しいのなら誤解させたままでもいいかと思った。

(嫉妬……。リリムさまに嫉妬、かぁ……)

彼女はとびきりの美人だから、張り合う気が起きなかった。わたしとは顔の系統が違いすぎていることもあるし。

その代わり、別の気持ちなら胸にあった。

「あのねザイオン、わたしも強欲かもしれない。さっき、リリムさまには『陛下のしつこさに折れて結婚に同意した』みたいなこと言ったけど……本当は、わたしもあなたを好きになってしまったから。あなたを独り占めしたいと思っ──」

言い終える前にザイオンに抱きしめられ、誘拐されるように手近な扉の中へ強引に押し込められた。

何が起きたのか理解するよりも早く、彼の唇が襲いかかる。口内、耳、胸元のボタンを高速で外してからは首筋、谷間と肌に直接。

「ミア、我慢できません。ここで存分にお互いを独り占めし合いましょう！」

「打ち合わせは!?」

「取り急ぎ、今は今しかできないことを優先するまでっ！」

(するまでっ！　キリッ！　じゃないし!!)

押し込められた部屋は狭い控室。テーブルや椅子は部屋の隅に追いやられ、埃除けの布がかけてあった。最近使われた形跡も、これから使われそうな気配もない。だからこそザイオンはこんなにも大胆に発情しているのだろう。

いつ誰が来るともわからないのに……とわたしは気が気ではないが、ザイオンにしてみれば勝手知ったる皇城である。兵士の配置も交代時間も完璧に頭に入っており、心配ないと踏んだに違いない。

彼の手が、ドレスの裾をたくし上げる。素足が外気に晒されるが、涼しさを感じるよりも先に太腿の内側を撫でられたので、意識が快感へ向かってしまう。

「あ、ザイ……っ」

「僕としても辛いのですが、声はできるだけ抑えていただけますか？　廊下に漏れては気づかれてしまいますので」

「だったらこんなことしなければいいのに」

ザイオンがはっはっは、と乾いた笑い声を上げた。小声で。

「何を今更。ミアが僕を焚《た》きつけたのですよ？　責任はしっかり取っていただかなくては」

「そんな、勝手な……！」

この部屋にはベッドもソファもない。床に寝そべるのもなんだか衛生的ではないし、立位をするにも我々は体格差が激しいので上手いこと体が合わさらない。

ではザイオンはどうやって本懐を果たそうとするのか……と気になっていたが、何てことなかった。

彼はわたしの腰を抱き持ち上げて、いわゆる『駅弁』の状態で体を合わせようとしたのだ。

壁と片手を利用して器用に体勢を維持しながら、自由な方の手でベルトやらボタンを外している。

「ええっ、こ、これ……キツくない⁉」

落とされまいと慌ててザイオンの首に手を回し、両脚も彼の胴に巻きつける。振り落とされる可能性も、わたし自身が自重に耐えきれず脱落しそうな予感もあった。

しかしザイオンは笑った。

「ええ、ミアの中はいつもキツい。だからとても気持ちがいいんですよ」

そういう意味と違う！　と抗議するよりも先に、ザイオンは己の用意を済ませたのか、わたしの下着に指を当てた。

「ぁあ……、」

クロッチの脇から侵入してきた指の冷たさを感じ、すでに自分が火照り始めていたことを知る。

「なんだ、ミアも興奮しているじゃないですか」

彼の指を易々と呑み込んでいくわたし。しかも、その甘美な刺激に出会ってすぐにスイッチが入ってしまっている。

「ザイオン……挿れる？」

挿れて、と乞わなかったのは、せめてもの抵抗だ。

「挿れます。もちろん」

肉が引き攣れるピリッとした痛みが走ったのはほんの一瞬のこと。彼の肉芯が下着の脇からわたしの中心を狙い、ズブリと突き立てられたのだ。

正しくは、わたしが咥え込んだだけかもしれない。自重のせいでどんどん中へ収まっていく様は、まるでわたし自らの意思でザイオンを欲していたかのよう。

彼が両手でわたしの太腿を抱え、わたしは両手を彼の首にかけ。前戯も何もない、獣のよう

な交わりだ。

　もしもエクシラ教の神とかいうものがこの痴態を目にしたならば、欲望剥き出しの姿に驚き心臓発作でも起こしていたことだろう。

「……動く？」

　動いて、とは乞わない。まだ抵抗していたいのだ。

「動きます。もちろん」

　ザイオンが軽くわたしの尻を持ち上げ、支える力をわずかに緩めた。たったそれだけの変化なのに、彼の全長がわたしの中を擦り上げていく。

「つあ！　いい！　ザイオンっ！」

　せっかくのドレスが台無しだ。変な皺も変なシミも、どっちも付けたくない。でも、止められない。

　着衣のままなのに。人を待たせているのに。自分の部屋でもないのに。

　当然ながら、不道徳な婚前交渉。それをわたしは今、この国の皇帝としている。

　好きなんだから。愛しているんだから。セックスだって愛の形の一種だ。

「ミア……、声をもう少し、抑えることは……っできますか？」

「無理、気持ちいい！　もうイっちゃいそう……！」

　早く終わらせなければ。できるだけ部屋を汚さないようにしなければ――ということを意識していたわけではない。気持ちよすぎて、これ以上我慢が利きそうにないだけだ。

荒い息の合間には、どうしても声が漏れてしまう。両手はわたしの体を支えるのに使っているから、口を塞ごうにも使えるものがない状態。こういう時にどうするかといえば――。

「んんっ、ふ、」

キスである。ベタだ。ベッタベタだが他に術《すべ》がない。

声は変わらず出るものの、くぐもった喘ぎ声に変わった。先ほどより音量も下がった。

「……ダメ、イく、ザイお……ん、イく……っ!!」

声よりも、肉と肉のぶつかる音の方が大きい。ぱちゅ、ぱちゅ、と液体の混ざり合うはしない音が響く。そして、全身を使ってザイオンを抱きしめながら、わたしは絶頂を迎えた。

「……はぁーー、たまには衝動に身を任せてみるのもいいですね」

わたしを抱きかかえたまま、ツヤツヤな満面の笑みを携えたザイオンが語った。息も絶え絶えのわたしは、疲労に深いため息を吐く。

「冗談じゃないわ、もうこりごり。びっくりしたし、……気持ちよかったけど、いつ誰かに勘付かれるんじゃないかとヒヤヒヤだった」

「そうですね、僕もとても気持ちよかったです」

ザイオンにはわたしの台詞の『気持ちよかった』の部分しか聞こえなかったみたいだ。

恭しく床に下ろされる。変な姿勢で使い慣れない筋肉を使ったので、短時間の情事だったにもかかわらず、立とうとしているだけなのに両脚がプルプル震えている。

「でも、ザイオンは最後までしてないよね？　いいの？」

トラウザーズの間では、太い凶器が天に向かってぐんっと伸びたままだった。欲求不満なのは見ての通り。……といっても彼の場合、最低数回は達しないと沈静状態にはならないのだけど。

体調でも悪いのかと心配になって顔色を窺うが、彼は笑顔で頷いた。

「はい。楽しみはあとに取っておく方が好きなので。続きはまた夜にでも」

「楽しみはあとに……ねえ。でも、結婚するまでは待てないのよね？　皇帝であり聖職者のくせして、婚前交渉しまくりってどうなの？」

矛盾しているのがおかしくて、わざとからかってみる。ザイオンはキョトンとしながら首を傾げ、不思議そうにわたしを見つめる。

「ええと……？　すみません、宗教絡みの話には疎くて。僕にはよくわかりません」

「ふはっ、よく言うわ」

誰の台詞か、と噴き出すと、ザイオンも釣られて笑ってくれた。

「まあ、そういうわけでミア。打ち合わせと参りましょうか」

「ああっ、しまった、そうだった！」

ほのぼのとピロートーク――枕なし――をしている場合ではなかった。そもそもこんなところで衝動的に発情している場合でもないのだけれど……過ぎてしまったことはどうしようもないし。

ところがザイオンに慌てる様子はない。

「今回のようなスリルのある愛し方もいいですね。どうです、次は会議室のテーブルの上で絡み合うとか、やってみません？　下着未着用のまま視察に行くのも大変興奮――」

「はいはい、冗談は妄想の中だけにしてね。ほらザイオン、早く服を整えて！」

ザイオンの尻を叩きつつ、常識を逸脱しない範囲でなら……と密かに乗り気になってしまったことは内緒だ。

5

メレディスさまは婚約式の前日に意識を取り戻した。外傷はすっかりよくなり、一週間寝たきりだったせいで体が鈍《なま》ってしまった程度。その調子ならすぐに元の生活に戻れるだろう。

ただし、ここ一ヶ月くらいの記憶が曖昧のようで、わたしを襲おうとしたこともわたしを聖女だと決めつけたことも、全く覚えていなかった。

わたしはザイオンと話し合い、あの日の出来事はここらで終わらせることに決めた。ウィーデマン家当主宛てにはすでに警告を送ってあるし、聖女云々の話も覚えていないというのだから、これ幸いと話を切り上げたのである。

メレディスさまとのことが長引かなかったのは不幸中の幸いだ。婚約式にすっきりした状態で挑めたことはとてもよかった。

そして婚約式を終えた日の夜、わたしはザイオンの寝室を訪れた。

「ミア！　さっそく夜這いに来てくださったのですか？」

「あ、ええと、そうじゃなくて……少しお話がしたくて」

婚約式を終えると同時に、わたしの住処《すみか》もザイオンと同じ皇城へと移された。婚前交渉は御法度——表向きは——なので、結婚式まで部屋は別だ。

ザイオンは快くわたしを出迎えてくれた。我々の思考には齟齬があったが、話がしたいのだと目的を告げても、彼は嫌な顔ひとつしなかった。

「どうぞ。何か飲み物でも持ってこさせましょうか？」

「ありがとう。でも、すぐに戻るから気にしないで。もう夜だし、わざわざお世話係の仕事を増やすのも悪いから」

ザイオンに促され、わたしはソファに腰掛けた。その隣に彼も座る。

「まずは、婚約式お疲れさま。緊張しすぎて記憶がないけど」

「何をおっしゃいます、ミアの振る舞いは完璧でしたよ。心優しく聡明な薬師が皇妃として立つことを、悪く思う者などいません。堂々と胸を張っていればよろしい」

「ありがとう。……わたし、頑張るから」

「……おや？」

前向きな言葉とは裏腹に不安だらけであることを、聡《さと》いザイオンはすぐに見抜いたみたいだ。わたしの顔を覗き込んでくるので、焦りが生じて早口になる。

「ちっ違うの、本気で頑張ろうと思ってる。薬師と皇妃は全然違うし、わたしは平民だし……せめて期待されている分くらいは――」

「ミア」

宥めるような穏やかな声が、支離滅裂な言い訳を止めた。ザイオンはソファに浅く座り直し、わたしの方に体を向ける。

「大丈夫。ミアは大丈夫ですよ。心配する必要などありません」

そう言って手をぎゅっと握られると、本当に大丈夫な気がしてくるからザイオンはすごい。

声の抑揚か、力強い言葉か、表情か、あるいはその温もりか。

「無信心者で煩悩《ぼんのう》の塊の僕でも皇帝としてそれなりにやれているのですから、真面目で勤勉で優秀なミアが僕以下の評価しか得られないというのはあり得ない」

どれだけの人がザイオンに励まされてきたのか知らないけど――おそらく大勢いるだろう――わたしも励まされたうちの一人。

「煩悩の塊……自覚はあるんだ？」

「ありますよ」

ふと、出会った時のザイオンを思い出した。いつも整えている金髪を今みたいに無造作に下ろし、娼館で土下座していたっけ。

あれが煩悩の塊でなければ、一体なんだと言うのだろう。ザイオンに自覚があってよかった。なぜだかとてもホッとした。

「とにかく、そう気負わないで。ミアは間違いなく素晴らしい皇妃になれます。僕が保証しますし、そうなるよう僕が精一杯手助けいたします。必ず僕が隣にいますから」

「隣に？」

「ええ、隣に」

曇りのない瞳。揺るがない微笑み。ザイオンの頼もしさが嬉しくてたまらない。

顎に指が添えられて、彼の顔が近づいてくる。今夜は何もしない予定だったけど、これくらいは『何もしない』の範囲だろうと受け入れる。

「……ありがとう。ザイオン、愛してる」

「僕もです。ミアを愛しています」

短いキスを終え、わたしは告げた。ザイオンから同じ想いが返ってきて、再び唇が触れ合う。

二度目のキスは、最初のよりもほんの少しだけ長かった。

「本当に、隣でいいの？」

「えっ」

わたしが喋ると吐息が触れ合った。距離が近いからだ。ザイオンのまつ毛がわたしの顔にくっつきそうなほどに。

「わたしは隣より、上とか下とかの方が好き、かも」

そう続け、ザイオンの太腿に手を乗せた。ぴくりと彼の眉が動く。

三度目のキスをする前に、わたしはどう出るか悩んでいた。ここですんなり引くべきか、朝までコースを選択すべきか――。

「ザイオンも、後ろの方が好きなんじゃ……っあ」

でも、悩むほどのことじゃなかった。ザイオンがわたしの耳たぶに触れ、食《は》むように優しく指で摘む。

うわずった声は、合図だ。ここから始まる合図。

ザイオンが頬にキスをした。目元や額や鼻の頭……たくさんのキスが降り注ぐ。

「おっしゃる通り。もう、まさにミアのおっしゃる通り。僕は後ろが一番好きです。たとえ国教で『獣の体位』として禁じられていようとも、ミアの後ろだけは譲れませんね」

「…………え？」

甘い雰囲気はここまで。聞き捨てならないことが耳に飛び込んできたからだ。

うっとりとして閉じかけていた瞼を開き、わたしの体に愛撫を始めようとしていた手をガシッと雑に掴む。

「待って、後背位って禁じられてるの⁉　わたし、知らなかったんだけど‼」

(今まで散々してきたじゃん⁉　しかもザイオン、正常位よりもバックの方がやった回数多いよね⁉)

突然自分がとんでもない痴女に思えてきた。その珍ルールを知っていたザイオンに、わたしはどう映っていたのだろうか。

(知っていたんなら止めてよ‼)

ザイオンは涼しい顔で言う。

「ご安心ください、生殖は正常位に限る——というのは、男性が学ぶルールです。大っぴらに説くようなものではありませんからね。ただ、サンセドピアの皇城では房中作法として妃教育にも組み込まれておりましたが」

「いや知らないし！　せっ正常位に限る⁉　妃教育……急ぎ足で色々教わったけど、ぼ、房中の作法なんてあったかな……⁉」

記憶がそこだけ飛ぶなんて信じ難い。でも、全く覚えていない。

わたしの焦りが濃くなっていく中、ザイオンが涼しい顔で当然のように頷く。

「ええ。薬師のミアは妃教育の範囲を超える知識をすでにお持ちなのだと主張し、房中の作法については僕が断っておきましたから。正常位しか許されないなど、ミアとしても困るでしょう?」

「いや、まあ、……そ、そうだけどっ」

この男、しれっと。なんてことを。

わたしは深い深いため息を吐いた。それと同時に立ち上がって、ザイオンの下半身に跨る。

「ザイオン。前言撤回する。この部屋へは話をしに来ただけだからすぐに戻るって言ったけど、明朝まで戻らないことにした」

彼の首に手を回し、グッと体を近づける。

「あの……ミア? もしかして、怒っていますか?」

恐る恐るザイオンが尋ねたので、金色の柔らかい髪に手櫛を優しく通しながら、ふ、と一つ笑ってみせる。

「怒ってない。ザイオンのブレないところに感心しているだけ。……いいよ、とことんまで付き合う。ザイオンの隣だか上だか後ろだか……そばにいることを決めた以上、わたしの一生をかけてたっぷり愛してあげるから」

心だとか体だとか。その二つは、わたしが思っていたよりも案外繋がっているのかもしれない。

それがいいことなのか悪いことなのか、細かいことはわからない。でも、ザイオンに抱くこの気持ちは、間違いなく愛おしさ。『愛』なのだ、とわたしは感じる。

ザイオンは目を丸くしたあと、そのままゆっくりと細め、込み上げてくるものを堪《こら》え切れず嬉しそうに笑みをこぼす。

「……よかった。ミアがいてくださるなら、僕の幸せは揺るがない。もう、僕の前後上下左右どこでも、愛するあなたのために空けておきますから」

ザイオンは表向き聖なる皇帝で、でも実際はとんでもない絶倫で。対するわたしは表向き薬師で皇妃で、でも実際は聖女で。

わたしは彼でなくてはならない。彼もわたしでなくてはならない。誰にも言えない秘密を抱えたわたしたちだからこそ、上手いこと噛み合ったのだろう。

「ヨシ。じゃあザイオン……早速始めますか」

「望むところですッ!!」

ザイオンに出会えてよかった。あの日出会った土下座男がザイオンでよかった。

嬉しいことも苦しいことも何の変哲もない日常も、ザイオンとなら楽しみに変えられるような気がした。

番外編　新婚旅行はお祈りの旅

「ミア。新婚旅行に行きましょう！」

熱い戦いを終え、これで今夜もぐっすり眠れる……とベッドの上で大の字に寝転がっていたわたしに、ザイオンが前触れもなく提案してきた。

「……え？　新婚旅行？」

わたしの髪を撫でる男を見上げれば、微笑みながら頷く顔が見えた。

「そうです。結婚して夫婦になってはや四ヶ月。いい加減、旅行をしませんと」

「しませんと、って……でも何日も休みを取れるほどザイオンは暇じゃないでしょう？」

予算会議はすでに終わり、次の大きなイベントと言えば四ヶ月先の秋の祭りだ。とはいえ祭りには準備が必要だし、会談やら視察やら、細々とした公務がたくさん控えている。

だから呑気に旅行に行っている暇などないはずなのに、ザイオンは唇を尖らせ反論する。

「何をおっしゃいます、仕事かミアかどちらが大切かと聞かれたら、僕は『ミアだ』と即答できますよ？」

「うーん……それはありがたいんだけど……」

ザイオンの愛を無下にするわけにはいかない。だが、皇帝の公務は気分に応じていかようにしてもいいものだ、という認識も危うい。

返答に困っているわたしに、ザイオンが付け加える。

「それに、ツャイゼルに魔物が現れたことはミアの記憶にも新しいのではありませんか？　今のまま我々が中央領に留まっていては、またいつあんなことが起こらないとも限りません」

おや、とわたしは眉を動かす。

「つまり『新婚旅行』というのは建前で、各地を回って瘴気を浄化させる旅ってこと？」

「そういうことです。さすが僕のミアですね」

ようやくわかってくれた、とばかりに微笑むザイオンを前に、わたしは申し訳なくなった。

「ごめん、あなたってばてっきり、すけべなことしか考えていないとばかり……」

「失礼な！」

「アエッ!?」

唐突に乳首を摘まれ、わたしの口から妙ちきりんな叫び声が飛び出した。

「僕はいつだってすけべなことを考えているに決まっているじゃありませんか！　たくさんの瘴気を吸って淫乱になったミアを堪能したくてウズウズしているのですよ!!」

「そ、そうですか……」

正直でよろしい、という思いと、せめて建前を使ってくれ、という思いがわたしの中でせめぎ合っている。そして最終的に勝ったのは前者。

(夫婦なんだから、建前よりも本音で語ってくれた方がありがたいよね。それになんだかんだ言ったって、やっぱりわたしが浄化しないとまたいつ魔獣が現れるかわからないし)

「わかった。行こう。浄化は必要不可欠だもん」

わたしが受け入れたのを見て、ザイオンが抱きついてきた。どさくさに紛れて尻を揉まれたが、いつものことなので特段騒いだりはしない。

「よかった、ミアならそうおっしゃってくださると思い、すでに各所との調整は済んでいたのです。晴れて合意も得られたことですし、これで何の憂いもなく新婚旅行に行けますね！」

「用意周到な……。ちなみに出発はいつの予定？」

「明日です」

「そっか、明日…………あっ、明日⁉　急すぎでは⁉」

なるほどなるほど、と流しかけて流せなかった。予期せずノリツッコミになった。

「すみません、ミアには全て決まってから伝えて驚かせたかったので、各所への連絡を優先させてしまいました。……いけませんでしたか？」

シュンとして、まるで子犬のような目で見つめられては敵わない。

(サプライズはあまり得意な方じゃないけど、魔獣被害を未然に防ぐにはわたしが全国を回らなきゃいけないし……なんだかんだ言ってもザイオンは間違っていない、か)

わたしは思い直し、首を振る。

「……ううん。忙しい中ザイオンは準備を進めてくれたんだよね。ありがとう。また瘴気のせいでちょっとアレになるかもしれないけど、よろしくね」

瘴気でわたしがどうなるか、お互い知らない仲ではない。というかむしろ、先ほど彼自身が言っていたように、ザイオンはわたしがどうにかなることを心から期待しているわけで。

案の定、満面の笑みで「もちろんです！」と返ってきた。

「ちなみに、新婚旅行第一弾の行き先はヒルダヌス領です。明朝中央領を発ってキヴィヤスキ領経由で入領し、五つある神殿を一週間かけて巡礼する、という旅程を組んでいます」

ちょっと待て、とわたしは固まる。

「だ……第一弾？　……もしかして、領地の数だけ新婚旅行に行くってこと？」

「そうですが？　サンセドピア全域に聖女の加護を行き渡らせるためには、各地の神殿を一つ一つ巡っていくのが最も効率的ですから。僕が必ず同行し、責任を持ってミアの体調を管理させていただきますので！　いやぁ、楽しみですね‼」

「わ、わあー……」

欲望ダダ漏れである。が、今更ザイオンに「隠せ」と言っても無理な話だ。

「……わかったわ。わたしが耐えられなくなった時は、頼りにさせてもらうね」

新婚旅行とは名ばかりの、瘴気を浄化していく巡礼の旅。しかしながら聖女としてのわたしの性質上、すけべな展開になることは間違いない。だとするならば結局のところ、新婚旅行も巡礼の旅も本質はさほど変わらないな、と落ち着いた。

「さ、それでは明日からの新婚旅行に備えて、今夜はしっかり体をほぐしておきましょうか」

「うん。……うん？」

いつも通り営みも終えた今、やるべきことと言えば残すところ眠るだけ。と思いきや、ザイオンの言葉が引っかかった。

(体を……ほぐす？　休ませる、じゃなくて？)

瞬きをして再び目を開いた時には、すでにザイオンがゴソゴソと動き出していた。わたしの上に乗り、両頬にキスを落としながら膝の裏に手をかけている。

「いやいや、待ってザイオン。もう今夜はしたでしょう？　普段なら三回戦目もドンと来いだけど、さすがに明日から長旅になるなら、もうゆっくり休んだ、ほう、があ、あっ！」

言っているそばから、ザイオンがわたしに入ってくる。事後だったせいで滑りがよく、あっさりヌリュッと繋がってしまった。

「瘴気は今この瞬間にも結界を通り抜けて我が国に侵入してきています。旅は瘴気との戦いになると予想され、だからこそ出発前にミアの煩悩を空っぽにしておく必要があるのですよ」

「う、ん、……わかっ……あぁ、けど、」

何度やっても気持ちいいものは気持ちいい。ザイオンとくっついていたくなる。

睡眠不足になったとしても、馬車移動の間に眠ればいいか。そう思って、わたしはザイオンをぎゅっと抱きしめた。「けど、」の続きもどこかに消え失せてしまった。

翌日、中央領を出発して一時間後――。

「ミアが馬車に酔ったようだ。ヒルダヌスへは予定通りこのまま向かうが、ミアの負担を減らすため到着までは馬車の中で眠らせたい。だから緊急時以外は呼びかけないでくれ」

「承知しました。お大事になさってくださいませ」

ザイオンが馬車の小窓から顔を出し、馬に乗って並走していた護衛のセイデンさまに声をかけた。セイデンさまも寡黙な方なので、二人の会話はすぐ完結した。

そのあとすぐにザイオンは小窓を閉め、カーテンもぴっちり閉めたので、馬車の中が途端に薄暗くなった。外の音もわずかに遠のいた気がする。

「……さて、ミア。お辛くありませんか？」

「ん……らいじょうぶ、ん、む」

「あぁそこ……とても気持ちがいいです。……はあ、う、」

何を隠そう、わたしは車酔いなどしていない。ちょっとだけムラムラしてきたから、ザイオンのザイオンを頬張っているだけだ。

これはおそらく瘴気の影響だ。普段のわたしだったなら、こんなにスリルのあるプレイは自重することができるのだ。それくらいの理性はある。

（ザイオンの、すごく硬くて熱い。ゴリゴリしてて、舌で撫でるの癖になっちゃう）

息継ぎがてらザイオンを見上げたら、大きな手にヨシヨシされた。

「ミアの表情もいいですね……美味しそうに僕のを舐めて……なんといやらしい」

いやらしい、というのはわたしにとっての褒め言葉だ。気分がよくなったので、これみよがしに舌全体で根元からベロンと舐め上げてみせた。その刺激にザイオンが喉仏を上下させ、新たなガマン汁が湧き、わたしの舌とザイオンの巨木に透明な橋が架かった。

ザイオンはヒュッと息を呑み、顔を真っ赤に染め唸る。

「あぁもう、どうして……どうしてミアはそんなに僕を興奮させるのかっ！」

(わたしがすることなすことにザイオンが片っ端から反応しちゃうのが原因でしょ)

……とするも、こうやって素直な反応を見せてくれると、やりがいを感じられてとても嬉しい。

い。だからわたしはもっと奉仕したくなった……のだけど。

「交代です。ミア、交代しましょう！」

「え？　やだ、もうちょっと口で――」

ザイオンは否応なしにわたしの両脇に手を差し込んで持ち上げると、向かいの座席に強引に座らせた。勢い余って背面の壁に背中をぶつけ、痛くはないけどドンッと大きな音が立った。

「陛下？　ご無事ですか⁉」

音を聞きつけたセイデンさまが、すかさず声をかけてきた。

このタイミングで扉を開けられるとまずい。わたしはまだしも、ザイオンがとても。トラウザーズの股間部分からは、凶悪で愛しいソレがニョキッと顔を出しているのだ。

「問題ない。少し揺れただけだ、気にするな」

こういうところがザイオンのすごいところだ。さっきまで私の舌技に喘いでいたにもかかわらず、即座に切り替え落ち着き払った声でセイデンさまをいなせるのだから。

そしてわたしの前に跪き、潤んだ瞳で見つめながら両手をスカートの中に入れる。

「次は僕の番です。いいですか、セイデンたちが並走していますから、声を上げると先ほどのようにすぐに気づかれてしまいますからね？」

ザイオンの手が、素足に触れる。足首、脛、膝……だんだん敏感なところに近づいてくる。

「ほらミア、足を開いて。僕にあなたの全てを見せてください」

「そんな……ダメだよ……わたしすぐ……あ、あぁ」

ダメ、と口では言っておきながら、彼の手に導かれるまま膝と膝が自然に離れた。スカートはたくし上げられ、いかにも「見てください」と言わんばかりの大股開きまでしてしまうとは、わたしはなんてサービス精神旺盛なのだ。

ザイオンが顔を近づけて、ショーツ越しにわたしの中心にキスを落とした。その優しい刺激につま先がピクンと揺れる。

「ああ、いい匂いだ。ミアも興奮していたのですね。やはりミアはこうでなくっちゃ」

ショーツの紐が引っ張られ、わたしの秘所が外気に晒される。

「ザイオン……そこは……そこを攻められたら、声が出ちゃう」

「できる限り抑えてください」

この状況で無理を言わないでほしい。それはできない、と頭を振るわたしに、ザイオンが「僕だって」と泣き言をこぼす。

「できることなら今すぐ抱いてしまいたい。ですが馬車の中ではさすがにそこまでは……ね」

(セックスはしないけど口淫はするってこと？　下着を脱がせたんだからそういうことよね？　でも、口淫だからって耐えられるわけじゃ――)

「ひゃ!?」

不意打ちを喰らった。解決も納得もしていないのに、ザイオンがお構いなしにわたしの割れ目に舌を入れた。

もう、お見事。彼はわたしの体を熟知している。敏感な突起がどこにあるか、探るまでもなく舌先で的確に突いたのだ。

「すごい、こんなに硬くして。しかもドロドロです……本っ当にけしからん体です」

「つあ！　と、吐息、が、かかっ――」

「静かに」

口を近づけたまま喋るから、吐息がわたしの秘所をくすぐり無駄に体が跳ねてしまう。

「ああ……はぁああぅ……ああ、ザイオン……」

震える息を吐き出しながら、与えられる甘美な刺激をひたすらに耐えやり過ごす。

(でも、足りない。舌じゃ届かない奥を、グリグリたくさん弄ってほしい……)

「ふふ、そんな目で僕を見ないでください。僕も繋がりたくなってしまうじゃありませんか」

ほんの一瞬目が合っただけで、わたしの思考は読み取られてしまった。

「だって、だって……こんな……っ」

「この場は舌でイカせて差し上げますから、それで我慢してください。楽しみはあとに取っておきましょう？」

「あ、は、ザイオンっ……吸いついちゃ……ダ、メぇ……──」


「ミアさま、お体の具合は？」

「お気遣いありがとうございます。馬車の中で少し休んだおかげか、持ち直しました」

「左様でしたか。たしかにお顔の血色も戻られたようですね、安心いたしました」

馬車から降りたのは、半日以上経った夕方。本日の目的地、ヒルダヌス領最南端の神殿に到着したのだ。すでにあたりには夜の帷が下りつつあり、日没が迫っていた。

待ち構えていた神官が近寄り、ザイオンの前に膝をつく。

「エゼキエル皇帝陛下、ならびに皇妃さま。ようこそいらっしゃいました」

サンセドピア聖国では、全国各地に神殿が設置されている。その目的は皇帝が儀式に使うためだが、皇帝が視察に訪れた際などにも利用することがあるのだそうだ。今回の新婚旅行も、神殿を宿泊施設として利用することになっている。

「どうぞ中へお入りくださいませ。ヒルダヌス卿とザイトリッツ卿がお待ちでございます。加えて、ささやかながらお食事をご用意してございますので、旅の疲れを少しでも癒していただけたらと存じます」

「出迎えご苦労。ありがたくいただこう」

食堂へ向かうと、円卓に座った二組の夫婦が談笑していた。彼らは我々に気づくと、サッと立ち上がり礼をした。

「皇帝陛下、ミアさま。お待ちしておりました。無事にご到着されて、安心いたしました」

第一声を発したのが、カスペル・ヒルダヌス。ヒルダヌス領の現領主だ。

「歓迎痛み入る。当初の予定通り、これから数日かけてヒルダヌス領の神殿を巡り、ここの安寧を祈るつもりだ。卿らと神殿の聖職者らには世話をかけるが、よろしく頼む」

安寧を祈る。――というのはポーズだけだ。祈ったところで瘴気は消えない。わたしがこの身に取り込むことでしか、瘴気を消すことはできないのだ。

さらに言えば、わたしが取り込んだ瘴気をザイオンみたいな高位聖職者にヌいてもらわなければ、わたしはいつまでもムラムラしっぱなしということにもなる。

さあさあ、と促され、わたしたちも席についた。料理が運ばれてくる傍らで、ヒルダヌス夫人が話しかけてくれる。

「ミアさま、お疲れではございませんか？　この神殿はまだ領地の入り口にすぎませんが、それでも長旅で大変だったでしょう」

「おっしゃる通り、ずっと座りっぱなしだったのでちょっとお尻が痛いですね」

お尻、と言ったことで、隣にいるザイオンがピクリと反応した。彼はわたしのお尻を愛しているので、何か不具合があったのではないかと気が気ではないのかもしれない。

「それよりも、みなさまとこうしてお会いできて嬉しいです。結婚式では落ち着いてお話をすることもできませんでしたから。ザイトリッツ夫人には、薬湯のお加減やその後のご体調についてもお伺いしたいと思っておりましたし」

まあ、と夫人が手を口に当てる。

「わたくしのこと、気にかけてくださっていたのですか？」

「当然です、夫人はわたしの大切な患者様ですもの。ザイトリッツ家専属薬師の先生がしっかり診ておられるとわかっていても、一度関わった者として気にならないわけがございません」

夫人が患っていた病気は、症状が多岐にわたり見極めが難しいせいで、いまだ存在を知らない薬師も多い。わたしは亡き父から教わっていたから知っていただけで、夫人を診断できたのは実力ではなく単なる幸運だったと思っている。

その一方で、夫人の目にはわたしが天才薬師か何かにでも映っているのだろう。ありがたいけど、過分な評価だ。

「皇妃におなりになっても、ミア先生は変わらない。素晴らしい人格者ですわ。エゼキエル陛下がお選びになるのも納得です」

「はは、そんなに持ち上げないでください……」

女性陣が話に花を咲かせている横で、ザイオンもまた男性陣で会話に興じている。

「エゼキエル陛下。中央領でのご公務だけでもお忙しいでしょうに、ご成婚早々こんな僻地までお越しくださり、誠にありがとうございます」

ザイトリッツ卿に続き、領主ヒルダヌス卿も歓迎の言葉を述べる……はずが――。

「昨年はツャイゼルで魔獣騒ぎがありましたし、瘴気が結界で防げぬ以上、やはり当領も明日は我が身。聖女さまがご不在の中、陛下だけでもお越しくださったとあれば、領民もさぞかし安心することでしょう」

聖女でない皇妃など、彼らにとっては大した意味を為さないのだろう。それはわかるが、言い方。陛下だけって。

空気がわずかにピリつくが、ヒルダヌス卿は鈍感なのか気づかない。

「聖女がおらずとも魔獣に国が滅ぼされぬよう、神は私に莫大な神力を与えてくださった。少なくとも、私はそう思っている。昨年のツャイゼルでの魔獣騒ぎは私の不徳が原因だ。だが、これから先の私《わたし》の治世において、同じようなことは何としてでも阻止すると誓おう」

皇妃がミアでも何ら問題ない、とそれとなく告げたザイオンに、ザイトリッツ卿が賛辞を送る。

「なんと頼もしいお言葉！　瘴気を浄化できるのは聖女さまだけだと言われてはいますが、陛下ほどのお力の持ち主であれば、あるいは。領主殿もそう思うでしょう？」

「いいえザイトリッツ卿、聖女さまがいらっしゃるのとそうでないのとでは、国民の受ける印象が全く異なりますよ！　皇帝の隣に聖女がいてこそ、サンセドピア聖国としての輝きが――」

（ザイトリッツ卿がせっかくフォローしてくれたのに、ヒルダヌス卿……ポンコツか？）

ヒルダヌス領において、領主であるカスペル・ヒルダヌスを差し置いて一貴族ザイトリッツ家が強い影響力と発言力を持っている理由。それが垣間見えた気がする。

「私はミアを妻としたことを、一切後悔していないが？」

ザイオンが睨むとヒルダヌス卿はまんまと怯み、慌て始めた。

「そっ、そういう意味では……ミアさまが皇妃として相応しくない、と申し上げたいのではなく、ほら、実際問題、聖女さまがいないのならば、誰を皇妃にしたところで同じですし！」

聖女でも貴族でもないわたしが皇妃でいることを、よく思わない者はいる。しかし今更、心を乱されたりはしない。「それはすみませんでしたね」と心の中で雑に謝罪して終わらせる。

ところがザイオンは違った。

「同じではない。私はミアだからこそ、伴侶とする気になったのだ。ミアほど皇妃に適した女性はいない。たとえこの先聖女が現れたとしても、それは絶対に変わらぬ」

「まぁ、お熱いこと」

ヒルダヌス夫人の言う通り、ザイオンは熱い。ありがたい愛の言葉だ。

実はわたしが聖女でした、と明かしたら、ザイオンもこんなフォローをしなくてもよくなるだろう。だがその前に、そもそも現時点で存在していない聖女——表向き——と自国の皇帝を結婚させることなどどうしたって不可能なのだということを、わたしを受け入れられない勢には早く理解してほしいものだ。

ちなみに、わたしはこの先も正体を隠し通しはするけれど、聖女の役割はしっかり果たす。わたしがここに来た以上、この地の瘴気も綺麗さっぱり消してあげるつもりだ。だから、心配されるようなことにはならない。

隣に座るザイオンの手に己の手を重ねながら、わたしはヒルダヌス卿に言う。

「卿のおっしゃる通り、わたしは単なる平民出身の薬師です。もしも聖女さまがご降臨なさったら、皇妃の座を明け渡す心づもりでおります。ですからそれまでの間、わたしが皇妃でいることを認めてくださると嬉しく思います」

最後にニコッと微笑んで終わり。これでこの場は丸く収まったはず。……と思いきや、ザイオンがわたしの手をギュッと掴んだ。

「何を言う！　何があろうとそなたを手放すことはせぬぞ！」

（え、どうしてザイオンが不安になってるの？　皇妃の座云々の話はヒルダヌス卿へのリップサービスみたいなもの。まずわたしが聖女だから、明け渡す相手がいないんだけど……）

ええと……と困惑しているわたしと、その顔を見つめるザイオン。この先の着地点をどこに設定したものかと悩んでいたら、クスッと夫人ズが笑った。

「……ミアさまが羨ましいですわ。どのようにして皇帝陛下を虜になさったのか、そのコツを教えていただきたいくらいですね」

「そうね。でも、ミア先生の賢く慈愛に溢れたところを、きっと陛下は愛しておられるのですよ。誰にでも真似できることではございませんわ」

妙に気恥ずかしくなって、ザイオンの手をやんわりと解く。

「恐縮です、まだまだ未熟者ですので……」

うまいこと夫人方が話を逸らしてくださったおかげで、今度こそ場が収まった。

ヒルダヌス卿を悪い人だとは思わないけど、とても素直で思ったことをそのまま態度や口に出してしまうお方のようだ。いまだ五十代、まだまだ現役の彼だが、優秀な次代が育っていることをわたしは微力ながら祈った。

「――それでは今日はこのあたりで。陛下とミアさまはお休み前のお祈りもございましょうから、長い間引き留めてもいけませんのでね」

気遣ってくださるザイトリッツ卿に曖昧な愛想笑いを返してから、お休み前のお祈り？　とさりげなくザイオンを見上げた。

神殿が儀式を執り行うために造られた施設だ、ということは知っている。わたしがここにやってきたのは宿泊施設として利用するためだが、形だけながら『お祈り』も、予定の中には入っていた。ただ、その祈りを寝る前にするのだということは知らなかった。

「そうだな。ヒルダヌスのため、国のため、今夜は祈祷室に篭もりミアとともに心からの祈りを捧げよう」

日中、わたしたちは馬車の中で声を抑えつつイチャついた。ただし前戯の範囲にとどめ、本番は今夜の楽しみにとっておいた。

口淫も好きだが瘴気をヌくのは性行為が最も効くし、気持ちがいい。馬車の中では体勢もキツく声も出せず、だからわたしは欲求不満を拗らせていたというのに、この仕打ちである。

(え……もうすぐザイオンに抱きつけるんじゃないの？　祈祷室でお祈り？　そんなの何の意味もないのに、無意味なもののためにわたしはお預けを喰らうの!?)

わたしは愕然とした。しかし皇妃という立場もあり、ショックを受けていることがバレないよう、必死に頬を上げ微笑みを作った。

「また明日、次の神殿へ向かわれる前に一度ご挨拶させていただきます」

「そうだな。みなはゆっくり休んでくれ」

この神殿はヒルダヌス邸からもザイトリッツ邸からも距離があるので、二組とも今夜は神殿に泊まるのだそうだ。彼らと挨拶を交わし、わたしたちは別れた。

お祈りの前には体を清めねばならないから、と言われるがままに湯浴みをし、ザイオンと祈祷室で合流する。

彼もわたしも真っ白な貫頭衣に身を包んでいた。色気などない、質素な聖職者の服だ。

これから『お祈り』をするだけあって、部屋の中心にはエクシラ教の神アモルトの像。その像の視線の先には、白いソファが置かれている。背もたれがなく、大人が大の字で横になれるくらいの大きさのソファだ。

これは「夜通し祈りを捧げても体が痛くならないように」という配慮がなされたソファなのだろうか。そうだとしたら、わたしはこのムラムラを持て余したまま日を跨がなくてはならないかもしれない。

(こんなことなら馬車の中で最後までしておけばよかった……)

扉が閉められ、わたしたちは祈祷室に二人になった。ザイオンががっかりしているわたしのそばに立ち、ふう、とため息を吐き出す。

「ようやく二人きりになれましたが……ミア、相当お疲れのようですね」

「………………」

わたしはザイオンを見上げた。ザイオンを責めるべきじゃない、とはわかっている。絶倫巨根ゾンビのザイオンも、この状況を辛く感じていないわけがないからだ。

にもかかわらず、彼は朗らかな表情をしていた。今すぐに寝技に持ち込めなくても全く気にしていないような、生き生きとした自然な微笑みまであった。だから余計、不満を隠すことができない。

「……もしかしてミア、今夜はもう休んでしまいたいとか？」

ムッとしながらわたしは反論する。

「お祈りをしなくちゃいけないんでしょ？　だったら休むなんてできないじゃない」

「ですが誰かの監視を受けるものではありませんから。ミアの体調が最優先ですよ」

「お祈りはする。だってあなたは皇帝でしょう？　形式的なものだとしても、やることはやっぱりやっておかなきゃ」

唇を尖らせながら、心にもないことを渋々言わされているわたし。対照的に、普段はあんなにエロエロしいのに、やたら賢者ぶるザイオン。

「ですがミアの体調がよろしくないのなら――」

(体調管理、ザイオンがしてくれるって言ったのに。だからわたしも期待してたのに)

「……――がよかった」

「え？　ミア、なんて？」

「――なことがよかっ……」

「すみません、よく聞こえなくて……。もう一度お願いできますか？」

とぼけているのか大真面目なのか。その大好きな顔が今はちょっと憎らしい。

「どうせ……どっ、どうせするなら、すけべなことがよかった!!」

「…………はい」

イライラが我慢できなくなって、とうとうわたしは爆発した。

「わたしっ、ほ、本当に……欲しかったのに。でも、移動中ずっと挿れちゃダメって我慢して
て、ようやくすけべが許されると思ったのに……っ!」

「ですからこれから『お祈り』をしようと――」

わたしは全力で首を振る。髪の毛がバサバサと頬に当たる。

「やだ！　お祈りなんかしたくない！　ザイオンとすけべがしたいの!!」

自分でもアホなことを言っている自覚はある。でも、我慢できないのだからしょうがない。

ザイオンは引き攣った笑みを浮かべている。わたしにドン引きしているようにも見えて、恥
ずかしくて情けなくてとてもいたたまれない。

「あー……すみません、ミア。きちんと説明していない僕が悪かったです」

ちっとも悪くない彼に謝られたことで、ますます虚しくなってきた。わたしは意気消沈し、
俯いてボソボソと告げる。

「いいの。自分の主張がおかしいこともわかってるから。だから――」

「そうではありません」

ザイオンは唐突にわたしの手を取ると、自分の股間に押し当てた。体の線を隠す貫頭衣のせいで気づかなかったけれど、いつものごとくザイオンのそこはガッチガチに勃起していた。

「お祈りとは、性行為です。僕たちは今から、すけべなことをするのですよ。ミアのお望みかそれ以上の、とても口には出せない行為を」

「え…………、っと？」

顔を上げたわたしの目は、きっと期待で輝いていたことだろう。混乱しながらも、ザイオンの硬さと「口には出せない行為」というセリフに早くも体が潤い始める。

「所詮、神殿とは聖女と皇帝用の『ヤリ部屋』ですから。瘴気を浄化すると、聖女は強い性衝動に侵される。それを知った大昔の八王家が、『お祈り』と称して聖女のガス抜きができるよう、全国各地に神殿を造ったのです」

神殿でのお祈りが、ヤリ部屋でのセックスを意味していたなんて。エクシラ教の風紀は一体どうなっているんだ。本音と建前の差が酷い。酷すぎる。

「でも、表向きわたしは聖女じゃないことになっているから、『お祈り』は不要だとヒルダヌス卿たちもご存じのはずで……」

いやいや、とまだ安心できないでいるわたしに、ザイオンが自信たっぷりに微笑む。

「僕は稀代の神力を持った皇帝ですよ？　聖女に代わり僕が神力で瘴気を浄化し、その結果僕に強い性衝動が生じ、それを解消させるために『お祈り』が必要なのだ——という設定なら、イケます。ギリギリ辻褄も合います」

　確かに、ヒルダヌス卿からもザイトリッツ卿からもお祈りを止められはしなかった。むしろ、どうぞどうぞと勧められるような雰囲気で……。

「事前に体を清めさせられ、祈祷室にはベッドのようなソファまで。もうそういうことでしょう？　ちなみに、事後に体を清めるために奥の部屋には小さな浴槽もありますよ」

「そ……そうなの？」

「そうです」

　さっと腰に手が回り、ザイオンがわたしを抱き上げた。下ろされたのはソファの上。思ったよりも硬めなので、これなら安定したピストンが楽しめそうだ。

「だ、だって、じゃあ、どうしてソファの真正面にアモルト神の像が!?」

いかにも「祈りを捧げてくれ」感があるアモルト像。その役割をザイオンが断言する。

「そんなの、営みを誰かに見られることに興奮する層がいるからに決まっているではありませんか！」

(ありませんか！　ドヤッ！　じゃないし。知らないし)

「ミアの恵体を他の男に見せるのは断じて許せませんが、アモルト像なら許容範囲です。……ということでミア、どうぞ淫らに乱れてください」

　腰紐をしゅるりと解かれ、あっという間に身ぐるみを剥がされてしまう。

「乱れてください って……っやぁん！」

声が出た。部屋が広いせいか、無駄に声が反響する。外に聞こえていやしないかと不安になったが、それよりもアモルト像と目が合ったことにびっくりして息を呑む。

「祈祷室は防音に優れていますので、気にせず声を出してください。その方がアモルト神もお喜びになりますから」

大理石を削って造られたアモルト神の像。これはただの像だ、石の塊だ。にもかかわらずどうしてか、本当にこの像がいかがわしい意志を持ってわたしをじっと見ている気がする。

「イヤ……見ないで……。ザイオンっ」

なんとかしてこの像をどけるか、ソファの向きを変えてほしい。そう言おうとしたのに、ザイオンがわたしの膝を割り内腿に手をかけ、わたしの肉裂を一気に舐めた。

「ああぁっ！」

全身が喜悦に震え、大きな声が上がった。それでもザイオンの舌は止まらない。

「ああんザイオン、ザイオン……うぅ、気持ちい、……けど、この、像っ」

「本当に見られているみたいですか？　だからこんなに溢れてくるのですか？」

「ち、ちがう！　ただザイオンが欲し……あ、はぁ……っ」

指が入ってきた。身体中がぐずぐずに蕩け、思考さえもまとまらない。

「ああ、これだけ濡れていたら前戯は必要ないかも？」

「ん、んん……ザイオン……」

「他の男に見られて興奮するなんて、妬けます」

「違うの、ザイオン違うの。わたしが好きなのはザイ、あ、あぁぁ」

「そう言う僕も、第三者に見られることでいつもより興奮しているのです、がっ」

話しながらザイオンがわたしの中にやってきた。いつもならゆっくり挿れてくれるのに、今日は勢いがよくやや乱暴だった。逆にめちゃめちゃ興奮した。

「ミア、アモルト神の御前で犯されるのはどんな気分ですか？　乳首とクリトリスを勃起させて、ソファをベトベトに濡らして、僕の性器を涎だらけにして咥え込んで」

ギュッとアソコに力を入れれば、ザイオンの太さと硬さにキュンとした。さらに言葉攻めまでされて、落ちない「ミア」などどこにもいない。

「気持ちいい。すっごいイイ……もっとして。やめないで、もっと、愛して……っ！」

「お……お、お望みとあれば。こちらだって。僕だって、やめたくありませんから」

徹夜だった。久しぶり、結婚してからは初めての完徹。

睡眠不足のはずなのに、エネルギーが有り余っているかのように身体中がソワソワして、なんなら一週間くらい余裕で絡まり合っていられそうだった。

ザイオンも同じだったようで、わたしたちはお互いの着替えを手伝いながら何度も何度もキスをしては戯れた。

「ん……ザイオン、もうそろそろ行かなきゃ」

「ええ、わかっています。わかってはいるんです。ですが名残惜しすぎて、なかなかあなたから離れられないのです〜！」

頬擦りし、駄々を捏ねては再び舌を絡ませる。わたしもわたしで彼を受け入れてしまう。

「……ねえ、どこの神殿にもこんな感じの祈祷室があるの？」

「そうですよ。ソファという名のベッドがあって、アモルト像があって。実は僕、アモルト神がこの国で最もすけべだと思っているのです。だってサンセドピア建国以来、彼は歴代皇帝の情事をこうやって見続けてきたのですよ？　とんだ趣味ですよね」

「それは言えてるかも」

その神が、国民の前では禁欲を説いているのだからなんとも笑える話だ。

「先ほどの話に戻りますが、神殿によって祈祷室の雰囲気は少しずつ異なります。場所によっては海の中だったり、天井がなく星空を眺めることができたり。ちなみに、次に行く神殿には温泉があります。つまり天然温泉の中で『お祈り』が愉しめるというわけですね」

「……で、湯船の中での『お祈り』も、アモルト神が見守ってくださると？」

ザイオンはとてもにこやかに微笑んだ。

「ええ。あそこのアモルト像は坐像なのですが、ちょうど指を天に向けたポーズをしています。その指の形が男根そっくりで、『張型として使ってくれ』と言わんばかりなのです」

「アモルト神、ド淫乱じゃん！」

道具を提供しているつもりなのか、3Pのつもりなのか……どちらにしろ、いかがわしすぎることは確かだ。

「ミアも楽しみになってきたのではありませんか？」

「そっ……い、いや、そん……」

「どれ、確かめてみましょう」

ドレスの裾をたくし上げ、ザイオンが否定しきれずにいたわたしの内腿を撫でた。体の芯に宿った熱がその指を喜びかけたが、わたしは毅然とした態度で跳ね除けることに成功する。

「ダメだよ、ザイオン。これ以上イチャイチャしてたら、予定が狂ってみんなが困っちゃう。離れ難いのはわかるけど……いい加減にしておこう？」

わたしがまともなことを告げると、ザイオンはほほう、と目を細めた。

「わかりました、僕も次の神殿が楽しみな気持ちは同じですから。急いで移動しましょうか」

「楽しみなわけじゃないわ。ただみんなに迷惑をかけたくないだけ」

（本当は早く次の神殿に行きたいだけなんだけどね！　早く行ったらその分ザイオンとたくさん楽しめるだろうし！）

わたしの台詞が建前百パーセントなことは、ザイオンにも絶対にバレている。だからこそ、ずっとベタベタしてきた彼がサッとわたしから離れてくれたのだ。

「私たちの祈りは神に届いた。これでしばらくこの地が魔獣に侵されることはないだろう。だが、浄化を必要とする地はまだ残っている。我々は急ぎ次の神殿へと向かう」

「承知いたしました。皇帝陛下、ミアさま、この度はどうもありがとうございました。残りの神殿でも、どうぞよろしくお願いいたします」

――それ以来、わたしたちは折に触れて全国各地のヤリ部屋……もとい神殿を回っては、それはそれは本当にもう、これ以上ないくらいの超絶すけべなお祈りをした。その甲斐あってザイオンの在位中は二度と魔獣が現れることはなかった。

瘴気を浄化できるのは聖女だけ。にもかかわらず聖女不在のザイオンの治世がとても穏やかだった理由を、国民は「神が皇帝を愛するあまり浄化の力をも授けたのだ」と口々に語った。

実のところわたしという聖女がいて、わたしがムラムラするたびにザイオンがきっちり処理してくれたおかげなのだけど。

サンセドピア聖国。サンセドピア性国。この国の本質がどちらなのか正直悩むところだが、ひとまず、わたしはザイオンと出会ったことで楽しく幸せに暮らしました、ということだけ最後に告げておこうと思う。

あとがき

こんにちは、葛城阿高《かつらぎあたか》と申します。この度は本書『聖なる皇帝がとんだ隠れ絶倫だった件』をお手にとってくださいまして、まことにありがとうございます。

本作は二〇二三年一月に電子書籍として配信された作品でしたが、皆様からご好評をいただき、この度文庫として発売されることになりました。電子版を読んでくださった方、あなた様のおかげです。どうもありがとうございます！

文庫化にあたり、加筆修正はもちろんのこと、アホエロ番外編も書き下ろさせて頂きました。既読の方もお楽しみ頂ける内容になったかと思うのですが、いかがでしたでしょうか。初めてお読みになる方も二度目ましての方も、ご満足くださったなら幸いでございます。

本作には、私の「好き」がたくさん詰め込んであります。筋肉ヒーロー、アクティブなヒロイン、下ネタ、ファンタジー衣装……。言葉遊びも楽しくて、「イマジナリーセックスフレンド」「無限射精地獄」など、ノリノリで書かせていただきました。

特に楽しかったのは、やはり冒頭でしょうか。娼館にてザイオンが「先っちょだけでも！」と土下座する、あの問題のシーンです。

実はこのシーン、初稿の段階では冒頭ではなく中盤あたりにありました。面白い場面だとは思うもののいまいちパッとせず、しかし何が悪いのかわからず、どうしたらもっと効果的に見